contents

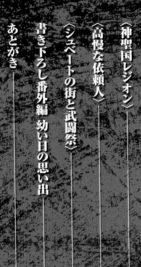

私の心はおじさんである

2

著 嶋野夕陽
Ill. NAJI柳田

〈神聖国レジオン〉

一、お出迎え

寝ているのか起きているのかよくわからない。腕の中にいる温かく柔らかい生き物は、それでも確かに生きているのが分かる。

こんなに小さいのに生きている。

私は初めて抱いた赤ん坊という生き物に心揺さぶられていた。


残った人たちが待機している林へ近づくと、小さな影が二つ近づいてくる。よく似た二つのシルエットはレオとテオだった。きっと心配してくれたのだろうと思う。ちょっと嬉《うれ》しい。

先に飛び出したテオが途中で止まり、代わりにレオが近くまで寄ってくる。

「どうだったの?」

「村の人たちは恐らく全滅です。コーディさんたちは生き残りを捜して戻ってきますよ。この子は見つけることのできた唯一の生き残りです」

「そっか……、やっぱり駄目だったんですね……」

目を伏せて元気のない声で言われると、私の心もギュッと締め付けられてしまう。子供が悲しい顔をしているのを見るのは忍びない。すぐ近くで黙っているテオも、何やらつらそうな顔をして黙り込んでいた。

何か気の利いたことを言ってあげたいのだけれど、何も頭に浮かんでこない。私は村の人のことはもちろん、この子たちのことだってよく知らないのだから。ありきたりな慰めの言葉を吐こうかと口を開き、やはり閉ざした。

安い同情は、された方も気分が悪いだろう。私がもう少し人間関係に長《た》けていれば、何かそれらしい台詞《せりふ》も思いついただろうに。

「……林の中へ戻りましょう。この子の名前はユーリというみたいですよ。泣き出しもしない、とても賢い子のようです。お二人に年下の兄弟はいませんか？　私は赤ちゃんの世話をしたことがないので、わかれば教えて欲しいのですが」

結局彼らの心には触れず、他の話題を提供することにした。温かく柔らかい赤ちゃんにどう対応していいのか悩んでいたのは事実だ。

テオが顔を上げたのが見えて、少しホッとする。何の解決にもなっていないけれど、気がまぎれたのならば、私にしてはまずまずの成果だろう。

「いや、俺たちは二人兄弟だから。荷駄隊に子供自慢してる人ならいたはず」

「それじゃあ戻りましょうか。その人にどうしたらいいか聞いてみないと。ほら、手とか小さくてかわいいでしょう」

双子が近寄って腕の中にいるユーリを覗《のぞ》き込む。林へゆっくりと入っていく間も、二人はその小さな体が動いていることに興味津々のようだった。

西の地平線に、オレンジ色をわずかに残し、夜の帳《とばり》が下りてくる。

辺りはもう真っ暗で、足元もおぼつかないくらいだ。

パキリと音を立てて枝を踏み割ったところで、アルベルトが近寄ってきて、腰から外したランタンを差し出した。

「転んだら危ないだろ。火、つけてくれよ」

この心配は私に対してではなく、転んだ私がユーリを取り落とすことへの心配だ。意外なところでアルベルトは気が回る。

私がユーリを抱き直しているうちに、レオがランタンに杖《つえ》の先を近づけて魔法の文言を唱える。

「灯火《ともしび》、生《な》れ、照らし、温めよ、イグニッション」

「お、ありがとよ」

見たことの無い魔法だった。ただほんの小さな火が生まれ、ランタンに明かりが灯《とも》る。

「それ、はじめてみました」

テオから向けられる呆《あき》れた視線と、レオから向けられる苦笑。当たり前のことを知らない大人なので、そんな風にみられるのも致し方ない。

「生活に役立つ豆魔法《トリビア》。魔法使いと名乗らない人でもたまに使える程度の魔法だよ。詠唱は省略してもいいけど……、僕たちがランタンの中みたいな正確な場所を指定するのなら、詠唱した方が楽かな。ハルカさんだったら、ランタンを使わなくても火を維持することができるんじゃない？」

どうもレオは人にものを教えるのが好きなようで、楽しそうに解説をしてくれる。

「ふぅん、俺もそういうの使えたら便利なのにな」

「これくらいなら使えるようになるかもよ？　折角色々教えてあげてるんだから、レジオンにつくまでに一つくらい使えるようになりなよ」

「お、おう、頑張る！」

レオの反応は初めの頃よりも随分と柔らかい。魔法の解説をしてもらっているうちに馴染《なじ》んできたということなのだろう。

二人のやり取りからふと目を戻すと、今度はモンタナとテオがそーっとユーリの顔を覗きこんでいることに気がつく。テオもユーリのことが気になるらしい。

しかし､私が見ていることに気付くと､テオはすぐにそっぽを向いて少し距離を取ってしまった。難しいお年頃なのだ。私が嫌われているわけではないと思いたい。

「ちょっとあんた、意地張るのやめたら？」

後ろからやってきたコリンが、テオの背中を叩《たた》く。

「な、なにすんだよ！」

「気になるならそう言えばいいじゃない。いい加減もうちょっと仲良くしてよね。……私たちだってさ、いつ何があるかわかんないじゃん。知り合ったのに無駄に意地張って、碌《ろく》に話もしないでお別れなんてもったいなくない？」

テオはしばらくコリンを睨《にら》みつけるようにしていたが、全く動じない姿を見て目を泳がせる。それから私とユーリの方を見て、そっと手を伸ばし、ユーリの頭を優しく撫《な》でた。

「こいつ、一人だけ生き残ったんだろ。一人になっちゃったんだろ。俺、なんかしてやれないかな」

「どうでしょう。私も同じことを思っていますよ。コーディさんならいい考えもあるかもしれません。皆で一緒に考えましょうね」

少し意地を張っているだけで、テオもちゃんといい子なのだ。

ついさっき厳しい現実を見てきたばかりで、ささくれ立っていた心が癒やされるようだった。

「……なんだ、あいつもいい奴《やつ》じゃん」

「そうだよ、知らなかったの？」

アルベルトのひとりごとに、レオが得意げに答える。するとアルベルトは変な顔をして少しの間黙り込み、早足になって私たちを置いていく。

「お前もな、レオ」

背中がどんどん遠ざかっていくのはアルベルトの照れ隠しだろう。持っているランタンの明かりが小さくなって、足元が見る間に暗くなっていく。

横からレオの「ふふっ」と笑う声が聞こえる。友達というのは多分こうしてつくるものなのだ。私のようなおじさんになると、アルベルトのように素直に自分の気持ちを伝えることも難しくなる。

そんなことを考えつつ、私はユーリのことを気づかいながら、ほんの少し歩みを早めた。


木々の間からオレンジ色の光が漏れている。

ぽっかりと林の中に開けた空間は、この辺りを管理していた今は亡き村の人々が、作業の合間に休むために切り拓《ひら》いたのかもしれない。

テオが一人の男性の手を引いて連れてくる。今まで積極的に関わろうとしてこなかったテオに声をかけられた上に手を引かれ、その男性は目を白黒させている。おそらく彼が、先ほど言っていた、子持ちの男性なのだろう。

「……生き残りっていうのはこの子かぁ。……まだ生後半年くらいに見えるね。歯が生えはじめたぐらいだと思うんだよね」

むにっと唇を指で押し上げ「ほらね」と見せてくる。そんなことをされても泣き出しもしないユーリは本当に大人しい。なんだなんだといって、続々と集まってくる大人たち。

私が気にもせずにニコニコと眺めていると、その間にコリンが立ちふさがった。

「はい！　近くに来る人は皆手をきれいにしてからにしてください！」

小さな子供相手だから確かにそれも大事なことかもしれない。また、コリンが注意したおかげで皆一度気持ちが落ち着いたのか、ばらけてやってくるようになった。大勢に囲まれたらユーリも怖いだろうから、ファインプレイだったと言えるだろう。

二、方針決定

ユーリを順番に抱っこしていく大人たちを眺めていると、茂みをかき分けてコーディたちが戻ってきた。

「おや、すっかり人気者だね」

戻ってきて早々おどけた姿を見せたコーディに安心する。捜索している間に何者かと戦いになる可能性だってあったのだ。深刻な様子が見られないことから、特に被害を受けていないことが分かった。

「生き残りは他にいましたか？」

ユーリがあの部屋に隠されていたということは、元々は保護者も共に宿泊していたはずだ。まさか赤ん坊であるユーリが一人で隠れたということもないだろう。

ユーリをあの部屋に隠して逃亡した保護者。その意図は恐らく、自分を囮《おとり》にしてユーリの生存確率を高めることだ。

急ぎの出発だったろうに、幾重にも丁寧に衣服でくるまれていたユーリの姿を鑑みるに、まさかユーリを囮に逃亡した、なんてことはないだろう。私がそう信じたいだけかもしれないけれど。

ユーリの保護者が逃げきれていることを期待しながらコーディを見つめる。

「……残念、やはりその子を除いて全滅のようだったよ。ただわかったことがいくつか、それから国へ戻ってから確認したいこともいくつかあるね」

「そうですか……」

思った以上に自分の声が沈んでいることに気付いたが、取り繕うことはできなかった。全滅というからには、捜した先でも遺体を見つけたということなのだろう。

「朗報は、必要な物資を村の中で見つけて確保することができたことだ。代金を支払う相手はもういないけどね。進路は予定通りで、今日はここを野営地とする。念のため、いつも以上に警戒をしておいてほしいかな」

コーディの言葉は現実的だった。冗談のように言われた言葉に反論したくなったが、何も間違ったことを言っていないことは私だってわかっている。ぐっとこらえて拳を握り締めた。

本当に厳しい世界だ。あちこちに理不尽と死が転がっている。

私がそうしているうちに、コーディはさっさとその場を離れて皆に指示を出し始めた。まるで何かを誤魔化すかのように、いつにも増して良く動くコーディの姿を見ていると、感情に振り回されている自分が、随分幼くなったような気になる。

精神的な成長を考えると、実際コーディよりは随分と未熟なのだろう。各員が指示に従って動き出したことで、ユーリがまた私の元へ戻ってくる。

温かい。

話を聞いたアルベルトは眉間にしわを寄せて、コリンもいつもよく話す口を結んでユーリのことを見つめていた。

「この子が……、幸せに大きくなれるといいですね」

ポロリと漏らした私の言葉に、二人はまじめな顔をして頷《うなず》く。

三人して神妙な顔をしていたが、私はふとモンタナはどこにいるのだろうと顔を上げた。どうも私の視野が狭くなっていただけらしく、モンタナはすぐ近くで動いているコーディたちの方を見つめている。

何か気になることでもあるのだろうかと、声をかけようとすると、それより先にコーディが振り返って話しかけてきた。

「久々に前線に出たせいで気疲れしたなぁ。私は先に休ませてもらうから、後は頼むよ。それから、その子についてはできうる限りレジオンで保護をさせてもらうつもりだ。構わないかな？」

私たち冒険者がこの子の保護を申し入れても、何かできるわけではない。住居も収入も不安定だし、こうして街を長く離れることだって増えていくだろう。

それに対してコーディはきちんと身分を持った男性だ。きっと私がどうにかするよりも、ユーリの安定した生活を保障してくれることだろう。

「はい、よろしくお願いします。その子のことで何か私の手が必要なことがあれば、お手伝いいたしますので」

ただ任せることしかできないのは忍びないが、せめて何かできることがあればしてあげよう。育ててあげることが出来なくても、見つけた以上協力を惜しむつもりはない。

「……おや、そんなことを言っていいのかい？　これは得をしたかもしれないねぇ」

眉を上げて笑ったコーディは、意味深長なセリフを吐いてテントへ戻っていく。一体どういうことだろうと考えていると、コリンに腕をつつかれた。

「ハルカー、ああいうちゃっかりした大人と簡単に約束しちゃだめだよー」

「え、でもですね、世話をしてくれると言っていましたし……。ほら、見つけたのは私たちですし」

「人がいいんだから、もー」

「そんなにまずかったですか？」

仲間たちの顔を見比べると、アルベルトもモンタナも、コリンに同意するかのように呆れた顔で頷いている。

そんなに間抜けなことをしてしまったのだろうか。人としてそう間違ったことをしているとは思えないのだけれど。首をかしげて考えていると、モンタナが口を開く。

「ハルカ、気を付けないとすぐ騙《だま》されるですよ？」

やれやれといった様子の仲間たちが、夜番の割り振りを決めるために騎士たちの方へ歩いていく。

当たり前のことを言ったつもりなのに、どうしてこうなるのだろうか。

私はどうもまだ、この世界の当たり前に馴染めていないようである。

三、教都ヴィスタ

予定外の事態があったにもかかわらず、私たちの旅の予定が大きく崩れることはなかった。旅慣れたコーディたちにとっては、予定通りにいかないことも日常なのだろう。動揺しているのは旅に慣れていない私たちと双子くらいのものだった。

それでも日が経《た》つにつれて、ユーリがいる状況が当たり前になっていく。幸いなことにユーリはまだ言葉も話せないような赤ん坊であったから、先日の悲しい事実を知らずに育つことだってできるはずだ。

山を越えて【神聖国レジオン】へ入った私たちは、トラブルにも見舞われず、そのまま最初の街に入ることができた。

【神聖国レジオン】においては、騎士たちによる治安維持が徹底されており、他の国に比べて街道の安全度が高い。

重要拠点や国境の防衛を【ディセント王国】に任せている分、各地に騎士という戦力を分散させることができるそうだ。その為《ため》国内での人の行き来も多くなり、文化や学術が他国より発展している。

テオが自慢げにそう説明してくれたのだが、後から来たレオが、それに補足する。

「かわりに世間知らずも多いけどね」

安全性が高いのも善《よ》し悪《あ》しなのかもしれない。

街に入ると宿を予約してから、必要なものを買い足しに行く。

思わぬところでユーリという旅の仲間が増え、大人しく可愛《かわい》らしいその姿に魅了された面々は、コーディにあれこれと提案を投げかける。

例えば、ゆりかごを用意しようだとか、服を買おうだとか、しばらくここで様子を見てもいいだとか、他にも様々だ。私はユーリが好かれていることがなんだか嬉しく、この提案を穏やかな気持ちで眺めていたのだけれど、どうもコーディはそうでなかったようである。

しばらく黙って話を聞いていたのだけれど、やがて手を前に出して旅の一行の言葉を遮《さえぎ》る。

「よし、君たちの意見はよくわかった。ではこうしよう。今から私と護衛の冒険者たち、それにユーリだけを連れて〈ヴィスタ〉へ急ぐ。ここで無駄に時間を食うよりは、そうした方がきっと赤ん坊のためになるはずだ。君たちは荷を運びながらゆっくりと来るといい。あれこれそろえるのも、ここで足の速い馬車を借りるのも、出費は大して変わらないからね」

雇い主がそういうからには私たちに反論はなかった。実際この国に入ってからは治安もかなり良くなっているし、コーディの言うことに私も納得していた。

それからのコーディの行動は早かった。あっという間に二頭立ての馬車を借りる算段をつけて、翌日の朝一番で出発できるように準備してしまったのである。

大した決断力と行動力だ。私もできることならば、こんなしっかりした大人になりたかったものである。

レオとテオはしばらくの間不満げに文句を言っていたが「君たちは卒業課題の途中でしょ」とすげなく追い返されていた。

デクトからコーディへ向けられる胡乱気《うろんげ》な視線に疑問はあったが、とにかくそんなわけで私たちは馬車に乗って〈ヴィスタ〉へと先行することになったのだった。

教都〈ヴィスタ〉は遠目に見てこそはっきりわかる、すさまじく大きく整えられた都だった。

街の手前にある山の頂から見えた景色は、思わず声を上げるほどに素晴らしいものだった。

中央に国の中心である〈ヴィスタ〉の街が見える。数キロごとにいくつもの町や村が点在しており、その全てから〈ヴィスタ〉に向けて道が延びている。

西側の遠方には海が、北方には広大な穀倉地帯。南へ行けば豊かな森林と高い山々がそびえている。

〈ヴィスタ〉は中心部に向けて少しずつ標高が高くなっており、ひときわ高い場所にはいくつもの尖塔《せんとう》を抱えた、城のように巨大な教会が立っていた。聞けばそれがオラクル教の総本山だという。

街を外に向けてどんどん発展させていったためか、壁が幾重にも作られており、エリアが分かれているようだ。街の中心部に近づくほどに高層の建物が多く、その建築技術にも目を見張るものがある。壁に隔てられた各エリアごとに特色があるのか、遠目から見てもデザインや雰囲気が異なっており、ただ見ているだけでもため息が出てきそうだ。

私は旅の途中にフレッドから何度も聞かされていたことを思い出していた。曰《いわ》く『ヴィスタは世界一の都』だと。その言葉には嘘《うそ》はなかった。

文化や人の豊かさにおいて、〈ヴィスタ〉ほど優れた街はないという、傲慢にも聞こえるその言葉には誇張も嘘もなかったのだと、私は大いに納得してしまっていた。

「なんだい？　口をそんなに大きく開けて」

私たちは口をぽかんと開けてしまっていたらしい。コーディが愉快そうに声を殺して笑ったことでそれに気が付いた。少し恥ずかしくもあったが、それ以上に目に映った景色が素晴らしく、私は言葉を返せずにいた。

「こりゃ……、すげぇやぁ」

アルベルトがそう呟《つぶや》くと、コーディはついに笑い声を漏らした。

「くくく、なんだろうねぇ、そろいもそろってそんなに驚いてくれると、あの街に住むものとして、とっても気分がいいよ。いやぁ、時間を作って色々案内してあげるから楽しみにしているといい。まぁ、まずはこの子の為に色々な手続きをしてあげないといけない。ほら、馬車に戻って、出発するよ」

コーディに促されて我に返り、慌てて馬車へ戻り腰を下ろす。アルベルトは最後まで遠くを見ていたが、コリンに腕を引っ張られてしぶしぶ馬車へと戻ってきた。カメラがあれば一枚といわず何枚でも写真を撮っておきたいような素晴らしい景色だった。

御者の掛け声と共に馬車がガタッと揺れて動き出す。

〈ヴィスタ〉に到着すれば、本来契約は終了だ。そこからは自由に動いていいはずだが、ユーリのことが気になる。

「〈ヴィスタ〉に到着したら、私たちはどうすればいいでしょう？」

そこで解散だね、と言い出されたら、もう少しだけユーリがどうなるか見守らせて欲しいとお願いするつもりでいた。これについては仲間たちともあらかじめ相談していたので迷いはない。

コーディは契約書を取り出して、確認するようにそれ全体に目を通しながら話す。

「うん、流石《さすが》に街に来てまで護衛はいらない。でもこの子のことが片付いていないし、良かったら私の指定した宿に泊まってもらえないかな？　日中は自由にしていても構わないけれど、夜には連絡が取れるよう戻ってきておいて欲しい。早めに到着しそうだから、契約期間の余裕もあるし、宿もこちら持ちだ。君たちに不利益はないはずだ」

「はーい、契約期間を越すような場合は？」

抜け目なく質問するのはコリンだ。本来なら年上である私の役割のはずなのだが、コリンは本当にしっかりしている。

「その場合は元の契約書通りかな。延長料金を支払うよ」

随分と私たちに都合のいい契約であった。何かを疑うべきなのかもしれないけれど、私には

その何かが思いつかない。結局楽しそうに〈ヴィスタ〉での予定を話している仲間たちを見て、

私は頷いて了承することにした。

「ではそれで、どうぞよろしくお願いいたします」

「うん、それじゃあもうしばらくよろしくね」

互いに手を伸ばして握り、契約の成立を確認している間も、馬車から体を乗り出したアルベルトは〈ヴィスタ〉の街を眺めている。

「冒険者ギルド行きてぇなぁ！」

大声でそんなことを言ってワクワクしている様は、まるで小さな子供だ。

「あまり乗り出すと危ないですよ」

注意をするふりをしながら少し身を乗り出した私は、遠く見える景色に子供のように胸を高鳴らせる。

しばらくそうしてからはっと我に返り馬車に引っ込んだ私を待っていたのは、にやにやと笑うコーディとコリンだった。何も言われないのがかえって恥ずかしい。

ポンと肩を叩かれてみると、モンタナがいつもと変わらぬ表情で私を見上げる。

「ヴィスタ、楽しみですね」

「……そうですね」

穴があったら入りたい。そんな風に思っている私の傍《そば》で、アルベルトだけが未《いま》だに身を乗り出して、大きな声であれ何？　これ何？　と騒いでいるのであった。

四、大人のいたずら

広い道は馬車が悠々と四台はすれ違えるだろう。

そんなメインストリートには人がごった返していた。とはいえルールがあるらしく、馬車の前に飛び出してくるようなものはまれだ。中央を車が通り、左右を人が歩く。日本の道に近い交通ルールがあるようであった。

道を一本折れるごとに歩く人々は減っていったが、それでも寂しいという程ではなく、ただ平和な住宅街を進んでいるような、閑静な雰囲気であった。

屋敷と言っても差し支えないような大きな家が続く中、ひときわ立派な庭を持った豪邸の前で馬車が止まり、コーディが立ちあがる。

「妻に事情を説明してその子を預けてくるよ。戻ってきたら君たちに街の案内をしてあげよう」

ユーリをコーディへ預けると、その黒い瞳がじっと私のことを見つめる。まるできちんとした意思を持っているようにも見えるユーリの手元へ、私は気づけば手を差し出していた。

「……また会いましょう、ユーリ」

ユーリの視線が落ちてきて、ゆっくりと動いた小さな手が、私の指をぎゅっと握った。なんとかわいらしいのだろう。柔らかく握られただけだというのに、一緒に心臓まで握られているような切ない気持ちになってしまった。

そのうちまた、きっとこの子に会いに来よう。その時は私のことなんて覚えていないだろうけれど、それでもかまわない。この子が健やかに成長した姿を見ることが、この世界における一つの使命のような気までしてきた。

「いいかな？」

「あ、はい、すみません」

コーディの声で我に返った私は、名残を惜しみながらもその小さな男の子を見送る。特段子供が凄《すご》く好きなわけではなかったのに不思議なことだ。

むしろどちらかと言えば苦手なぐらいだったはずなのに。いや、私が苦手というより、子供の方が私を苦手だったのだと思うけれど。

意地悪をしていたわけではない。ただ単純に自分より大きく愛想が悪い大人なんていうのは、子供にとっては怖い存在でしかないのだ、仕方がない。

物の数分で戻ってきたコーディは、御者になにがしかの指示を出して、また馬車を走らせた。

しかし随分と夫婦仲がいいようだ。普通に考えて夫が遠出して突然赤ん坊を連れて戻ってきたら、浮気を疑われたりしそうなものである。すました顔をしているので、きっとそんなことはなかったのだろう。

これだけの豪邸に住むほどの甲斐性《かいしょう》がある人は、案外そんなものなのかもしれない。同じくらいの年であった私は賃貸アパート住まい。一方コーディは……、考えるだけで虚《むな》しくなる。これが能力の差だろうか。世界の違いだと信じたい。

「よし、ではとっておきの宿を紹介しよう。契約期間中はこちらで宿代を持つから安心していいよ」

できる男コーディがとっておきといって案内してくれる宿。実に楽しみである。


緩やかな坂道を登るにつれて、段々と建物が煌《きら》びやかに、背が高くなっていく。コーディはここがどんな地区なのかを丁寧に紹介してくれているが、そんなことされなくてもわかるくらいの建物が立ち並んでいた。

いい加減場違いすぎる環境に私が動揺し始めた頃、ひときわ豪勢な建物の前に馬車が止められる。

「ここなんてどうだろう？　まるで王侯貴族になったかのような豊かな時間を味わえることを約束するよ？」

馬車から見上げた建物は高層になっている。その高さも、敷地面積も、周囲の建物を圧倒していた。

他人の支払いとはいえ、宿泊費の想像がつかないような宿ではのんびり休める気がしない。

過去一素敵な笑顔でこちらを見るコーディに向けて、私はぶんぶんと一生懸命に首を横に振った。

見れば普段大人しくしているモンタナまでもが一緒に首を振っている。

「ふっ、ふはは。冗談だよ、冗談。君たちがどんな反応するか気になっただけなんだ、申し訳なかったね。これから本当のおすすめに案内するよついておいで」

コーディが御者に声をかけると、馬車はぐるりと回ってきた道を戻っていく。

「この辺りは見ての通り、オラクル教のお偉方とか、他国の人の別荘がある。さっき見せたのは迎賓館の一つだね。私の管轄だから貸し出すこともできるけれど、落ち着かないだろう？」

アルベルトがじろりと睨みつけてもコーディは反省した様子がない。

「そう怒るもんじゃないよ。君たちだけじゃこんなところ来ないだろう？　急ぎの用事もないだろうしこれも経験さ」

確かに冒険者の格好をしている私たちでは、門前払いになりそうな区画だ。前向きに考えれば貴重な経験なのかもしれない。とても前向きに捉えれば、そう考えられなくもなかった。

しばし馬車が進み、見たことのある景色を通り、あげくコーディの屋敷の前を通りすぎたところで、私は我慢できなくなった。

「あの、コーディさん、さっき来た道を戻ってきたように見えるんですが」

「うん、そうだね」

「まさかと思いますが、私たちを驚かすためだけにわざわざあそこへ？」

「いや、まさか。善意の観光案内だよ。ほら、あそこがドットハルト公国からきた兵士なんかが良く宿泊する場所でねぇ」

説明が始まったが、流石にそんなことで誤魔化されやしない。本当に正反対へ進んでいく馬車に、私は呆れを通り越して感心してしまっていた。

「まるっきり反対方向に進んでるじゃないですか……」

「うん。ハルカさん、若々しくいるコツはね、自分に素直になることと、子供心を忘れないことだと、私は思うね」

「おっさんさぁ……」

アルベルトから非難の声があがり、私も含めて全員がコーディの方を見る。

「ほら、あれがヴィスタの冒険者ギルドだ。立派だろう?」

私たちの気をそらす方法をよく心得ている。悔しいけれど私も含めて全員が、コーディを見ることよりも冒険者ギルドに興味が惹《ひ》かれてしまった。

先ほど紹介された豪邸に負けず劣らずの敷地面積を誇る建物がそこにはあった。

装飾が一切なされず、只々《ただただ》武骨で機能性だけを重視した建物は、いかにも冒険者が集まりそうな、厳《いか》つくも子供心くすぐられる見た目をしていた。

五、ヴィスタの夜と、おじさんの性質

冒険者ギルドの外観だけを確認してから、そこから歩いて五分ほどの場所にある宿を紹介してもらった。

〈ヴィスタ〉の冒険者ギルドは大きくて立派だったが、冒険者用の宿舎は併設されていない。たくさんの建物が立ち並ぶ中にあるからとても大きく見えたが、もしかしたら〈オランズ〉の冒険者ギルドの方が面積は広いのかもしれない。

紹介された宿は入ってすぐのフロアが酒場のようになっている。典型的な冒険者のためのものので、日が暮れ始めたくらいの時間だというのに既にほとんどのテーブルが埋まっている。酒を浴びるように飲んでいる姿にほっとしてしまうのは、オランズの食堂に慣れ過ぎてしまったせいかもしれない。

中の観察をしているうちにコーディが手続きを済ませてくれたようで、部屋番号の書いてある鍵を二つ手渡された。

「食事はそこで食べてもいいいし、外で食べてもいい。ここなら君たちも遠慮なく過ごせるだろう?」

「はい、ありがとうございます」

「うん。私はしばらくの間報告をしたり、ユーリがこの街で暮らせるように手続きをしたりす

るつもりだ。まぁ、他にもいろいろと仕事は山積みだ。今日くらい早く帰ってゆっくりすることにするよ」

「長旅から戻ったばかりだというのにお忙しいですね……」

「仕事が好きだからね。じゃ、そういうことで」

踵《きびす》を返して立ち去って行くコーディの足取りは軽い。とても同年代とは思えないタフさだ。

仕事が好きだなんて台詞は、日本ではめっきり聞かなくなってきていたが、私の上司にはそんな人もいたなと思い出す。頑張れば頑張るだけ成果が出た、景気の良いころの日本の遺産だ。とにかく厳しく叱咤《しった》してくるが、その分良く働く人たちだった。

まだ一年とたっていないけれど、今となってはもう懐かしくも恋しくはない思い出になっている。


冒険者たちの間を縫って席に着き、適当に食事を頼む。

周りからのあからさまな視線を感じるけれど、安易に絡んではこないようだ。

食事をしながら明日からの予定を話し合っているうちに、外はすっかり暗くなってしまっていた。今から出かけて何かをするには、ちょっと土地勘がなさすぎる。

少し早いけれど、私たちはコーディに倣って今日はゆっくり休むことにしたのだった。

部屋番号を確認しながら廊下を歩いて行くと、目的の部屋はちょうど向かい合って配置されていた。二人部屋が二つ。

「ハルカ、鍵」

「あ、はい」

アルベルトに鍵を渡すと、モンタナと二人、特に何も疑問を抱かず右手の部屋へ入っていく。当然そうなるんだろうなぁ、と思っていたが案の定だ。これはつまり、私がコリンと二人部屋ということになる。

やましい気持ちなどこれっぽっちもないつもりだが、それでも私自身がおじさんであるという自覚がある以上、この部屋割にはかなり抵抗があった。

「ハルカ、何してるの？　鍵開けてよー」

「あー、はい、わかりました」

モンタナの後ろについて行こうか悩んでいるうちに、無情にも扉は閉まり、コリンにせっつかれてしまった。仕方なく部屋番号を確認してドアを開けると、先にコリンが入って行く。

荷物を放り投げてベッドにダイブしたコリンを横目に、私は窓側のベッドを確保するのだった。

荷物の整理をしていると、しばらくベッドを堪能したコリンが、いつの間にか大きなタライを持って近くに寄ってきていた。

「ハルカー、お湯だして？」

旅が始まった頃にやってあげたら、味を占めたのか毎日要求してくるようになった。どうせ自分も使うし、若い女の子の可愛らしいお願いなので断る理由もない。

私の知る十代の女の子だったら耐えられないような過酷な旅をしているのだから、それくらい甘やかしてあげたいという気持ちもあった。

お湯をこぼさないようにタライに溜《た》めてから顔を上げると、丁度コリンが服を脱いでいるところだった。普段はタライを持って、人から見えない所まで行くものだから完全に油断していた。

慌てて回れ右して、自分のベッドに上がり窓の外に目を向けた。正座しているのはほんの少しでも年頃の女性の肌を見てしまったことに対する自戒だ、ごめんなさい。

「……ん、何してるの？　ハルカも拭いたら？」

「コリンは年頃の女の子なので、できればもう少し慎みをもって服を脱いでいただけると嬉しいです」

「何言ってんのー？　エリさん言ってたよ。ハルカがほとんど裸みたいな恰好《かっこう》で宿の中歩いてたって」

けらけらと楽しそうにコリンが笑う。あれは違う。いや、違くないのだけど。

とりあえず〈オランズ〉へ戻ったらエリにその件についての口止めをしておこうと、私は心に決めた。

返事をしないでいると、足音が近づいてきてベッドがきしむ。ぱたぱたと足を動かしているのが振動でわかった。

「でもほら、いいじゃんー、女同士だし。ハルカの胸がどのくらいか、実物見てみたいんだけどなー」

「……駄目です」

「ほら、背中拭いてあげるから」

「遠慮しておきます」

「ぶーっ」と口に出してブーイングして、コリンがベッドから立ち上がる。諦めてくれてホッとするのと同時に、音だけ聞こえている状況にいたたまれない気持ちになった。

意識をそらそうと、ふと窓の外へ目を向けてみる。

どうやら夜の街を歩く人は、オランズよりも多いようだ。窓から見ても外の景色が分かるくらいには、街の灯《あか》りも多いようだ。

人の数が多いので、夜の街を出歩く人もきっと多いのだろう。

夜警なのか、騎士らしき集団が巡回している姿も見える。メインストリートでふらつく酔っぱらいはいるものの、喧嘩《けんか》などの争いが起きている様子はなかった。夜の安全が保障されているというのは、それだけで街の治安が一定以上であることを示している。

心を無にしながら街について考えていると、ベッドがきしんで背中にどしっと重みがかかった。

「終わったよー」

体が硬直するが、コリンは遠慮がない。どうも彼女は肌の触れ合うようなコミュニケーションが好きなようで、良く手をつないだり抱き着いたりしてくることがある。女性同士というのは案外そういうものなのだろうか、私にはわからない。

モンタナやアルベルトに対してそんな対応をしていないから、やはり同性だからこそということなのだろうけれど、私の中身はおじさんなのだ。信頼や親愛の証《あかし》なのだとしたら、余計に申し訳ない気持ちになってしまう。

「ねー、何見てたの？」

「外の景色を。治安がいいなと思いまして」

「面白い？」

コリンが体の向きを変えたようで、ふわっとなにか花のような良い香りが漂ってきた。

「なんだか……いえ、特には」

「ふーん。何言おうとしたの？」

「いえ、別に」

反射的にいい匂いがする、なんて言いそうになったが、日本で女性に言おうものなら即日ハラスメント会議だ。いくらコリンが親しく接してくれているからといって、私まで気を抜きすぎてはいけない。

「えー？　ほら、なんか気付いたこととかないの？」

「ないですね」

「……なんだー、久しぶりに宿についたから香油使ってみたんだけど、わかんないか。結構いい匂いだと思ったんだけどな」

これはあれだ。いい匂いがすると言ってあげた方が良かったやつだ。残念ながら女性との付き合いが少ないおじさんには、セクハラに当たるのかそうでないかのラインを見極めるのが難しいのだ。許してほしい。

そんなことを考えて遠い眼《め》をしていると、コリンがふんふんと鼻を鳴らしているのが聞こえてくる。耳元がこそばゆいのは、おそらくコリンの顔が近くにあるからだ。その距離感に、思わず自分の表情が引きつるのが分かった。

「ハルカは何もつけてないよね？」

「はい、あの、やめていただけませんか？」

もしかして加齢臭でもしただろうか。気を付けているつもりだけれど、自分ではわからない。

「やめない。なんでだろ、ハルカってちょっと甘い落ち着くにおいがするよね。普段よくわかんないんだけど、近づくとほのかに……」

「……勘弁してください」

「ちょっとだけ、もうちょっとだけね」

離れる気がないのがよくわかり、諦めて体の力を抜いた。窓の外の景色は先ほどとあまり変わらない。露出が多い服を着た女性を連れて、冒険者らしき人物が路地に消えていくのが見える。

私は元々そういった欲求が少ない方だったが、この世界に来てからは特に顕著だった。親しみを持つことはあっても、恋をするようなことはない。体が女性になったことで、もしやと警戒していたが、精神的な面では特に影響がないらしい。

そもそも私のような枯れたおじさんが恋だのなんだのと語ること自体が笑い話なのだけれど。

少し寂しいような、妙な喪失感はあったが、まぁなんというか、今の状況においてはその変化はありがたいものでしかなかった。

結局くっついて離れなかったコリンは、私が体を拭く間もちらちらと視線を送ってきていたが、まぁ、見るよりは見られる方がまだ抵抗はない。できるだけ隠したが、まさかこの年になって、セクハラされる方の気分を味わうことになるとは思わなかった。

男性相手ならあからさまなので文句も言えるが、女性同士のやり取りの普通が分からない私は、控えめにやめるように要請するくらいしかできないのだ。そのうち慣れるのだろうか。

朝になると、男性陣二人と合流し、一階で食事をとってから冒険者ギルドへ向かうことになった。

折角遠くに来たのだから、〈オランズ〉以外の冒険者ギルドも見ておこうという話になったのだ。歩いて五分、なかなかいい宿を案内してくれたものである。

冒険者ギルドの外観は、木材をあまり使っていないということ以外では〈オランズ〉とさほど変わらないようだった。

その印象は中に入ってもさほど変わらない。広いロビーに依頼ボード。受付に人が並び、たむろしている冒険者たちがちらほら。〈オランズ〉との違いとしては、ややお上品な雰囲気があることと、若い子たちが目立つことだろうか。

アルベルトたちとそう変わらぬ年齢の少年少女が依頼ボードを見上げている姿がある。学生服のようなものを着ていて、冒険者らしく見えない。彼らがこの冒険者ギルドを上品に見せている原因だろう。

〈オランズ〉の冒険者ギルドだったら、怖い顔をしたおじさん、いや、お兄さんに声をかけられたりしそうな子たちだった。だというのに、冒険者らしい格好をしているものたちは、彼らに声をかけたりしない。この街では何らかの暗黙の了解があるのかもしれない。

もう少し中をうろついてみようかと、歩き出そうとした瞬間、入り口をくぐってきた少女が私の横を通り過ぎた。依頼ボードの前にいる子たちの仲間なのだろう。そちらに向かっているようだったが、数歩歩いて勢いよく振り返る。

「だ、ダークエルフ……っ」

難しい顔をして吐き出された呟きは、残念ながら私の耳に届いてしまった。何か悪さをしたわけでもないのに敵意を向けられるのは悲しいものだ。少女はしまった、とでもいうかのように自分の口を押さえて、そのまま仲間たちの元へ走り去っていく。

通り魔にでもなったような気分だ。

もしかしたらこれが、旅に出る頃にコーディの言っていたやつなのかもしれない。確かは『ダークエルフが破壊の神によって生み出された』という噂《うわさ》が流れている、という話だったはずだ。私はどうやらこの街の子供たちとは相性が悪いということになるのだろう。心を強く持っていきたいところである。

六、喧嘩を売られる

自分の方を見ながらひそひそ話をされるというのは、想像していたよりも心を苛《さいな》んでくるものらしい。どちらかといえば存在感を消して生きてきた私は、人からあからさまに敵対される経験があまりない。

意識しないように気を付けていたのだが、仲間たちに連れられて依頼ボードの前まで来てしまうと、もうあからさますぎて、気にしないでいるのも難しくなっていた。

年の頃も近いようだし、この子たちは双子と同じレジオン神学院の生徒たちなのだろう。だとしたらレオもテオも、私に随分と優しく接してくれていたのだなと思う。今度会ったときにはお礼を言っておこう。

「うーん……、なぁんか、全然討伐依頼ねぇな」

アルベルトが上半身ごと動かしながら端から端まで依頼ボードを眺めまわし、つまらなそうに体を伸ばした。どうやらお気に召すような依頼はなかったらしい。

私の方でもざっと流し見てみるが、どうやら日雇いでの土木作業や運搬の仕事が多いようだ。危険が伴うような依頼が掲示されていない。

たまにあるよさそうな依頼は、全て数日かけて行うようなものばかりだ。騎士に同行してどこどこへ赴き、と書かれているが、私たちはこの街に留《とど》まるのも仕事の一つなので受けるわけにはいかない。

こんな依頼ばかりが出ている理由はなんとなく想像がついた。

「多分、近隣は騎士の人たちが治安を維持しているんでしょうね。わざわざ冒険者に頼むのは、人手が足りない時くらいということなのでしょう」

「あ、そっかー。そうだよね……。〈オランズ〉みたいに大きな森があるわけでもないもんねー」

残念そうに言ったのはコリンだ。多分お小遣い稼ぎができないことを残念に思っているのだろう。

もしかするとここ〈ヴィスタ〉は冒険者としては暮らしづらい地域なのかもしれない。私もこの近くで目を覚ましていたら、冒険者になっていなかったかもしれない。今となっては想像もつかないけれど。

「引っ越しのお手伝いや、建設の手伝いでもしますか？」

「折角階級上がったのにか？　嫌だぜ、俺……」

肩をがっくりと落とし少し小さくなったアルベルトは、言葉と体の全てを使ってやる気のなさを表現していた。余程下積みの時期が嫌だったらしい。大げさな反応に少し笑ってしまった。

「困っているから依頼を出しているわけですし、それも立派な仕事ですよ。良さそうなのを探してみましょうよ」

アルベルトの頭をぽんぽんと撫でてやるが、どうもやる気は復活しなそうだ。もはや依頼ボードではなく、冒険者たちの装備なんかに目を向けていた。

「ちょっと、あ、あなたたち！」

反射的に返事をしようとしたが、相手を見て思い止まる。先ほど入り口付近ですれ違った少女だった。そう、多分私に敵意を向けていた少女である。

しかし、意外なことに誰も返事をしない。私は仕方なくできるだけ優しい声色で、驚かせないように気をつけながら返事をした。

「……なんでしょうか？」

少女がひゅっと息をのんで、後ろ足を一歩下げる。嚙《か》みついたりしないのに、どうにもえらく警戒されている。私の気遣いはまったく役に立っていなそうだった。

表情が引きつっているところを見ると、恐らく私のことが怖いのだろう。仲間のうちの誰かが返事をしてくれればここまで怖がらせることはなかったのだが、どうして無視したのだろうか。横目で窺《うかが》ってみても、仲間たちは相変わらず聞こえなかった振りをしている。

ただモンタナだけは、その眠たそうな目で私のことを見上げていた。少女の方ではなく、私の方を見ているのが解せない。

怖いならそっとしておけばいいものを、勇気を出して声をかけてきたのだろう。怖がられると私もちょっと傷つくので、できればそっとしておいて欲しかった。

こんな調子で子供たちに絡まれるなら、ヴィスタにいる間はフードをしっかりかぶっておいた方がいいかもしれない。旅の間脱ぎっぱなしで、すっかり解放感に浸っていたせいで、かぶるのを忘れていたことを後悔した。

少女は私を視界に入れないように視線を彷徨《さまよ》わせて、それでもなお続ける。少し離れたところにいる学生たちは、加勢に入ってくる気はなさそうだ。彼女一人に任せるくらいなら、止めてあげたらいいのに。

「もういっそ仕事なんかしないで観光しよっか？」

「俺は賛成。……一応もう一回だけ依頼確認するわ」

「僕もそれでいいです」

「あの……、あちら話しかけてきているのですが……」

拳を震わせて涙目になっている少女が哀れで、すっかり悪者にされている当事者の私がフォローを入れることになってしまった。何かがおかしいけれど、子供の言うことに目くじらを立てても仕方がない。

「……ハルカ。そんな奴相手にすんなよ」

アルベルトは鋭い視線で一瞬だけ少女を睨んでそういうと、また依頼ボードの左上から確認をし直している。コリンとモンタナをもう一度見ると、二人もちらりと少女の方を見たのが分かった。あえて無視しているのだ。

私を非難するために来ていると気づいて、彼らは相手をしないという選択をしたというのに、私だけが間抜けに返事をしていたのであった。先ほどのモンタナの視線は『相手するんです？』という問いかけだったのだろう。

　まあ、しかし、きっとこの少女はダークエルフが本当に破壊の神の使徒だと思っているのだ。私が悪い奴だから気を付けた方がいいと、多少お節介ながら私の仲間に注意しにきてくれたのである。方向性は間違っているのかもしれないが、知らない人を気遣えるいい子だ。

　その調子でいわれもなく非難されている、私の切ない気持ちも慮《おもんばか》ってくれると、なおよかったのだけれども。

　何が悪いかという話になれば、この子よりもそんな噂を流行《はや》らせた人の方が悪い気がする。子供っていうのは大人のふりを見て育つものだ。多分、きっと。

　しかしこの街に来てから、というよりも、この世界に来てから自分以外のダークエルフに出会ったことが一度もない。エルフっぽい人ならこの街にきてから数人見かけたというのにだ。

　これだけ人がいても見かけないのだから、余程珍しい種族なのだろう。

　人間誰しも未知のものに対する恐怖はある。噂を流した誰かも、この街にダークエルフが現れるということを想定していなかったのかもしれない。

　私が心の中で、この一件に関わったであろう人たちへのフォローを勝手にしていると、少女が覚悟を決めた顔をして、私に指を突き付けてきた。

「あなた、私と勝負しなさい！　わ、私が勝ったら、そ、その洗脳した人たちを解放してください！」

洗脳、していないんだけどなぁ、と言っても私の言葉は信じてくれないのだろう。足と声を震わせるくらいに怖いのならばそっとしておけばいいのに。困ったものだと頰をかいていると、隣から大げさなため息が聞こえてきた。

つかつかと歩いて少女の目の前まで詰め寄ったアルベルト。また一歩引いた少女に対しての遠慮はなかった。

「じゃあまず俺が相手してやるよ。ここでやんのか？　あ？」

古式ゆかしい不良のにらみつけ方だった。眉間にしわを寄せて、上から下までにらみつける独特の首の動きは、日本でも異世界でも変わらないらしい。

しかし街の学生さんに冒険者が暴力をふるったなんて、とんだ醜聞になりそうだ。私を思うからこそ前に出てくれたアルベルトだったが、今にも泣きだしそうな少女の清楚《せいそ》な姿を見ると、悪者がどちらかわからなくなる。

「頑張れ、サラちゃん！」

「サラちゃんは神子《みこ》なんだぞ、お前なんかに負けるもんか」

後ろから応援の言葉が飛んでくる。煽《あお》るようなその言葉は、サラというこの少女の逃げ道をなくしただけだった。言葉に背中を押され、体を震わせながらも覚悟を決めた表情をしたサラを見て気分が少し悪くなる。安全な場所で、前に出たこの少女だけを矢面に立たせようとしているのはいただけない。

声を発した生徒たちの方を見ると、私の視線から逃げるように仲間たちの後ろへ避難していく。

彼らよりかは、直接ものを言ってきたサラの方が、まだ幾分かいい子に見えた。長年友達がいなかった私が言うと負け惜しみにしか聞こえないかもしれないが、友達は選んだ方がいい。

「安心しろよ、ハルカ。こいつぼっこぼこにして、二度と顔出せねぇようにしてやる。おい、後ろで騒いでる奴も逃げるんじゃねぇぞ。顔覚えたからな」

サムズアップして私に笑顔を向けたアルベルトは、すぐさま騒いでいる生徒たちのことをにらみつけて牽制《けんせい》する。アルベルトはやると言ったらやるタイプだ。多分相手の性別とか年齢とか、そういうものは考慮しないだろう。

ふっと今にも気絶してしまいそうなサラをちらりと見る。きっと喧嘩なんてしたことがないのだろう。後ろにいる子たちもどこかお上品な雰囲気で、とても荒事に慣れているようには思えない。アルベルトに任せてしまったら、ただでは済まないだろう。

仕方がない。私が相手をするしかないのだろう。

自信はないけれど、体自体は頑丈で力は強いのだ。流石にこんな子供たちに後れを取ることはないはずだ。この子たちが本当は魔物よりもはるかに強いというのなら話は別だけれども。

「アル、私がやります。ありがとうございます」

あからさまにホッとした表情のサラと、不満そうなアルベルト。

この子大丈夫だろうか。その安堵《あんど》は、破壊の神の使徒だと思っている相手に向けられているのだ。本心では私がそんな悪人ではないと、気がついているんじゃないだろうか。

それか初めて遭遇してしまった不良、もといアルベルトがよほど怖かったのか。

そんなことは置いておくとして、どうせしなければいけないのならば、この子だけを相手しても意味がない。私は大人なのだ。子供の良くない行動を見たら、それとなく注意してあげるのが大人の仕事というものだ。

「ただし」

サラではなく後ろにいる集団に向けて、私は言葉を投げかける。

「全員でかかってくるんですよ。誰か一人にだけ責任を押し付けるというのは無しです」

七、喧嘩をする

私は喧嘩なんかしたことがない。彼女たちも喧嘩なんかしたことがない。私は一人だけど体が丈夫で力がある。彼女たちは多人数だけど子供。

まぁまぁ、ぼちぼちバランスは良いんじゃないだろうか。ぎりぎり大人げないようには思われないんじゃないだろうか、多分。そうだといいなと思う。

逃げ出そうとした生徒たちをアルベルトが睨みつけて、連行した先は冒険者ギルドの訓練場。互いに冒険者ギルドを使用する身であるから、使うことに問題はないはずだ。

「別にハルカがやるっていうならいいけど、手加減とかできるのかよ」

「いや、うーん、大丈夫だとは思うんですけど」

アルベルトにも手加減をする気はあったらしい。だったら任せても良かったんじゃないだろうか。その方が安全にことが済んだ気がする。

「ハルカー、代わりにやってあげようか？」

コリンまで心配してそう言ってくれたが、私は首を横に振る。コリンが体術に優れていることは知っているが、万が一にも怪我《けが》をしてほしくない。自分が相手をする分には、滅多なことで怪我なんてしないはずだ。


訓練場に到着すると、三人は地べたに座って見学モードに入った。信用されているということなのだろうけど、モンタナなんかは特に経過を見守る気すらなさそうだ。

サラたちがひそひそと話し合っている間見ていたところ、右の袖から出した石を左の袖に、左の袖から出した干からびた果物を右の袖に入れ替える、といった作業を繰り返している。整理しているようだったが、どんな基準でそれが行われているのかは、傍《はた》から見るとさっぱりわからなかった。

しばらく待っても作戦会議がさっぱり終わらないので、急《せ》かすようなことはしたくなかったが私は仕方なく問いを投げかけた。

「勝負するのは分かりましたが、ルールはどうしますか？」

十メートル四方の土が丸出しの部分は、まるで訓練のためのリングのようにも見える。実際にそういう使い方をされているのか、地面には踏みならしたあとなんかが残っているのが分かる。

穏便に済ませるためには場外とかのルールを設けたらいいかもしれない、なんて考えていると、アルベルトから物騒な応援が飛んでくる。

「ハルカ、ちゃんと手加減しろよな。間違って殺すなよ」

いや、まぁ、確かに私は自分の力をあまり制御できていないわけだけど、そこまでではない、と思っている。子供たちがぎょっとしたように身を竦《すく》めたのが見えてしまった。そんなことをするつもりは一切ないのに、勝手にどんどん凶悪なダークエルフ像がつくられている。

そんなに今の私は子供を容赦なくいたぶりそうな見た目をしているだろうか。鏡を見たときには、怖がられるほどの容姿には思えなかったのだけれど。

「ふぁんばれー」

「ですー」

どこから取り出したのかわからない果物をほおばりながらの、おざなりな応援も飛んでくる。こっちはこっちで緊張感がまるでない。

「こ、ここ、殺すのはなしです。殺したら、ままま、負けですからね」

アルベルトの言うことを真に受けたのか、震えた声で言ってきたのはサラだった。またも前に出るのはこの子だけで、他は後ろで震えている。神子というのがどんなものなのかわからないけれど、そんなにも頼り、責任を押し付けていいような存在なのだろうか。

「降参するか、この広場から出たら負け。完治しないような怪我をさせても負けとしておきましょうか」

「そ、それでいいです」

目を伏せないのは精一杯の虚勢だろう。この子のことを脅かしたいわけではないが、精々悪ぶって、後ろの子たちは反省させてやりたい。

「ところで……、私が勝ったら、えーと、何かいいことがあるんです？」

「そ、その時は」

まぁ別に何もいらないのだけれど、相手からものを奪おうというのに何も差し出さないというのはアンフェアだろう。これで安易に人に手を出すものではないと学んでくれるといいのだけど。

「わ、私があなたのしもべになります！　だ、だから他の子には手を出さないでください」

「あ、そうですか、はい」

予定と違う方向で増々悪者にされてしまった。サラの後ろから出てこない子たちも、出てこないなりに感動したようで、名前を呼んで目を潤ませたりしている。

もしかしたらこの勝負に勝った時、私はとんでもない悪者にされているのではないかという不安がよぎったが、あまり考えないことにした。

「では、さっそくはじめましょうか。よろしくお願いします」

私が軽く頭を下げると、つられて子供たちも頭を下げる。やはり育ちのいい子たちなのだろうという印象を受けるが、性根はあまりよろしくない。

少し余裕をもって観察していた私だったが、サラを含めた五人全員が一斉に指揮棒のようなものを取り出したのを見て慌てて動き出す。詠唱はウィンドカッター。

双子と同じ学校の生徒、つまり彼らが魔法を使うという可能性は、当然考慮すべき事態だった。とはいえ、魔法なんか当たったら普通は死んでしまうのだ。こんな喧嘩で使うものじゃない。殺すのはなしという約束はどこに行ったというのだ。

そもダークエルフなら死んでもいいと思っているのか、それともこの魔法が人間相手にどんな作用をするのか想像することすらできないのか。あるいはウィンドカッターくらいでダークエルフは死なないものだと思い込んでいるのか。いや、確かに私は死なないような気はするが、それはそれで良くない経験になりそうだ。

ちゃんと言って聞かせないといけない。

思考しながらも体が動くのは、仲間たちと魔物を狩っていたおかげだろう。ほんの十メートルの距離を詰めるのに時間なんて左程必要ない。

ゆっくりと単語を噛み締めるように唱えられる詠唱はひどくゆっくりだ。そんなに悠長に詠唱しているのを、ただ黙ってみている相手はいない。

私が近づくのを見て詠唱をやめたものが二人、続けたものが三人。

詠唱を続けている二人の襟首をつかむと、詠唱はなんなく止まる。そのまま走って場外にぽいっと二人を放り投げて振り返る。カエルの潰れたような声がしたが、大怪我はしていないだろう。

及び腰になっていた二人が、自主的に場外に逃げだしたことと、サラの前に小さなウィンドカッターが浮かんでいるのを確認する。彼女の詠唱速度だったら既に放たれていてもおかしくないそれは、なぜだか未だに手元に留まっている。

唇を噛んで迷っているようだったが、私が一歩前へ出ると、怯《おび》えたようにその魔法が放たれた。速度はそれ程でもない。しかし避《よ》けると関係のないものや、逃げ出した子たちに当たってしまう可能性もあった。

私は飛んできたそのウィンドカッターに向けて、腕を振り下ろす。勝算はあった。自分の体の丈夫さは、自分で試してきている。あれくらいのウィンドカッターで、私の体は傷つかない、はずだ。

「あ、だ、ダメ！」

声を発したのは仲間たちではなく、魔法を放った本人だった。ウィンドカッターは、私の腕と体に当たり、消えてなくなった。

膝から崩れるように座り込んだサラは、まだ何もしていないのに泣き始めてしまった。私が怖いのかもしれない。あるいは、人に向かって魔法を放ってしまったことを、後悔しているようにも見えた。

「……降参しますか？」

「し、しますぅ……、うっ、ぅぅうう、ごめ、ごめんなさい……」

何に謝っているのかもよくわからないけれど、後悔していることと、本当にまずかったと思っているだろうことはなんとなくわかった。

わかったので、早めに泣き止《や》んで欲しい。

大人が、座って泣きじゃくる女の子の前にただ立っているという状況は、とてもとても犯罪的で気まずかった。

八、若気の至り

サラが泣き止むまでに考えていたことは、十代前半の子供相手に私は一体何をやっているんだろう、だった。それ程間違ったことはしていないつもりだったのに、結果として泣いている子供を見ると、私のやったことのすべてが間違いだったように思えてくる。

子供の教育をするのは親、あるいは教師の仕事だ。少なくともその辺をぶらついているような知らないおじさんのすることではない。もちろん、女性の体に入っているおじさんがやっても、その罪の重さは変わらない気がする。

そう思いながらも一応の勝者となってしまった私は、子供たちを地面に座らせてその前に立っているのであった。

「終わったら呼べよ。俺訓練してるから。たまには勝負しようぜ、モンタナ」

「いいですよ」

そのまま場所を移す二人を見送って、私は子供たち同様地面に腰を下ろした。すると一人その場に残ったコリンがやってきて腰を下ろし、私の袖をめくり腕を触る。

「怪我はないみたいね」

「大丈夫ですよ、ありがとうございます」

「ハルカも女性なんだから、怪我には気をつけよーね？」

「いえ、別に私はそういうのは」

「気をつけよーね？」

「まあ、ええ、はい、わかりました」

冒険者なので仕方がない。コリンは私の返事に納得いっていないようで、ジトっと見てきたが、今はそれよりこの子供たちに話をしなければいけない。

別にコリンの視線から逃げるわけではないけれど、本当に。

「色々と、言いたいことはありますが……。まずはお願い事を。私はダークエルフ……」

いや、本当にそうかはわからないけれど、まぁ、認識としてはそうであるはず。

「まあ、ダークエルフなんですが、無意味に人と敵対するものではありません。ですから、私のことを見かけたときに、攻撃してくるのはやめてください。仲良く声をかけてくれとまでは言いませんが……」

何を言われるのかと緊張していたであろう子たちは、キョトンとした顔はしたものの、真面目に聞いてくれているようだった。逆らう素振りや、ふざけた態度を取ったりはしていない。

「それからこれは人生の先輩としてのお説教です。何をしてくるかわからない相手に、安易に喧嘩を売ることはやめましょう。もし本当に私が悪い人だったら、あなたたちは今無事ではありませんよ？　自分と、それから友達のことはもっと大事にしましょう」

サラを前面に出して危険を背負わせていたことについては、私から言及することはやめておこう。それこそきっと、私が無理やりに言い含めるようなことではない気がする。

最後にもう一つ付け足さなければいけないことがあった。私は表情を少し引き締めて、固い口調で注意する。

「最後に、ルールはちゃんと守りなさい。ウィンドカッターが人に致命傷を負わせられる魔法だと、あなたたちは知っていたんじゃないですか？　魔法を安易に人へ向けてうってはいけません、危ないですからね」

実際には私は無傷だったわけだけど、誰もがそうとは限らない。もしアルベルトが相手をしていて、この子たちが魔法を使っていたら、私は即座に戦いに介入していたはずだ。

……あれ、そう考えると、私の仲間は誰も助けを出してくれなかった。

いや、これはまた違う話だ。私の丈夫さを信頼してくれていたのであって、別に私の扱いがぞんざいなわけではないはずだ。

私は軽く咳払《せきばら》いして疑念を頭から振り払う。

「はい、では分かった人から解散して結構ですよ」

私が解散の言葉を口に出したというのに、子供たちは互いの様子を窺いながら、恐る恐る立ち上がる。私がそれを咎《とが》めて襲い掛かるとでも思っているのだろうか。ゆっくりと背中を見せずに立ち去って行くが、それは野生の熊を相手にするときの方法だ。断じて人である私に対してやるべきことではない。いたずらに私の心を傷つけないで欲しい。

しかし脅かすのも悪いと思い、黙ってそれを見送った私は褒められてしかるべきだろう。

そうして最後に一人、サラだけがその場に残った。

「ほら、あなたも帰って構いませんから。背中を向けたって私は襲い掛からないので安心してください」

もう一度促してみても、サラは唇をぎゅっと結んで動き出そうとしない。悲愴《ひそう》な表情から、もしかしてまた泣き出してしまうのではないかと警戒して、私はコリンに助け舟を求めて視線を送る。しかしコリンは肩を竦めて首を振る。誰でもわかる、『私も知らない』のサインだ。おじさんである私よりは、若い女の子の気持ちが分かるのではないかと思うのだけれど……。

「えーっと、サラさん。何か、まだありますか？」

仕方がない。コリンが対応してくれないのなら自分でやるしかない。

問いかけに対してサラは、何かを決意したようなきりっとした表情で顔を上げた。そんなに覚悟を決めるほど、私は大層なものではないのだけれど……。

「ほ、本当にあなたは……いえ、ダークエルフは、破壊の神の使徒ではないのですか？」

「……少なくとも私は違うと思っています。そもそもその話が成立するためには、神様と知り合いである必要があるわけですよね。そんな方、そうそういるものでしょうか」

そもそも日本で生きてきた私としては、神様というものの存在に懐疑的だ。この世界に来てしまい、今まであり得ないと思っていた魔法を使っている以上、何か超常的な存在がいてもおかしくないとは思っている。

しかし少なくとも、他の世界からやってきたであろう私に対してですら、神様とやらはコンタクトを取ってきていない。本当にいるのだろうか。

宗教の力が強い地域で、そんなことを口に出そうものなら大変なことになってしまいそうなので口には出せないけれど。

「………………わかりません」

「えーっと、それじゃあなぜ、ダークエルフを神の使いだと？」

「先生が……、この世界の成り立ちの話をしてくれたんです。オラクル様はエルフのような姿を、破壊神のゼストはダークエルフのような姿をしていたらしいと……」

神話の話だろうか。あいにくとこの世界の成り立ちについて私は詳しくない。

専門家がそういうのであれば、そうなのだろうか。しかし、それにしてはダークエルフを悪い奴だとしている層が限定的すぎる。もし専門家がそう断定したのであれば、オラクル教全体として、ダークエルフをもっと警戒しているはずだ。

コーディや騎士たちがそのような態度を取ったことは一度もなかったことから、その考え方が世間一般的なものではないことが分かる。

　サラの言うことが本当であるとするのならば、先生という立場の人間が、子供に対して曖昧なことを教えている点に問題があるように思えた。

　とは言っても、ここ神聖国レジオンではダークエルフを見かけることなどめったにない。分別のつく大人になれば、宗教全体としてダークエルフを否定していないことに気付くことができるのだろう。

　つまり、そんな噂が白熱している時期にのこのこと姿を現した私が悪いともいえる。

「……そうですね、私個人の話をしましょう。私は、仲間たちと一緒に活動をしているだけの一冒険者です。神様が関係するような大層な使命は抱えていませんし、人をむやみに傷つけたいとも思っていません。……どうしたら信じてもらえるんでしょうね」

　最後はもうボヤキでしかなかった。彼女の誤解をとかなかったところで、何かが起こるわけでもないのだろう。しかし真剣に問題に向き合おうとしている少女をおいて、さようならと立ち去るのは気が重い。

「……信じます。あなたは、優しい人なんだと思います。酷《ひど》いことを言って、酷いことをしたのに、私たち怪我もしてません」

　ようやく理解してもらえたらしい。これで街の見学に戻ることが出来そうだ。私は息を長く吐いて体の力を抜いた。この勇気のある少女が、これからいい方向に進んでくれるのであれば、苦労したかいもあるというものだ。

「そうですか。そうしたら……」

「ですから、私も約束を守ります！　今日から私はあなたのしもべです！」

これで失礼しますと、そう言おうとしたらとんでもない爆弾をぶちまけられた。

曇りのないキラキラとした瞳。可愛らしい少女の、大きな声での宣言は訓練場の結構な範囲に響き渡った。

わからない。若い子が分からない。

「コリン……」

私がかすれた声で助けを呼ぶと、コリンは目を泳がせてから余所《よそ》を向いた。

どうやら若いコリンにもこの子の酔狂な申し出は理解ができなかったらしい。困った、非常に困った。あと訓練場の一部がざわついているのを何とかしてほしい。

私が少女を誑《たぶら》かしたわけではないのだ。絶対勘違いされている。

本当にどうしてこうなるのだろうか。唯一の救いは、今私がおじさんの姿をしていないことであろう。おじさんのままであったら、そのまま滞りなく連行投獄有罪であったはずだ。そこに疑問の余地はない。

もう一度コリンの方を見ると、コリンの肩がわずかに震えている。

まさか、笑っている……？

いや、そんなはずはない。多分コリンも一緒に、この窮地をどう乗り越えようか考えてくれているはずだ。仲間を疑うなんてとんでもない不心得者だ。

……なにかを噴き出すような音が隣から聞こえてきたが、多分きっと、気のせいなのである。

九、神子

しもべになる、いりません、そんな不毛な言い争いは、周りの目が気になった私が場所を移すことを提案して、一先《ひとま》ず保留ということになった。つまりまだ何の解決もしていない。

振り返ってみると、半歩後ろにいるサラは満足そうな表情をしている。彼女の提案を受け入れたと思われている気がする。

訓練をしている二人にも声をかけようとするが、二人はまだ訓練をしているようだ。

アルベルトの力強い斬りかかりに対して、モンタナはその起こりを見て体を動かし、斬り結ばずに反撃をする。アルベルトは、振り切った木刀を戻さずに、持ち前の身体能力で無理やり後ろへ飛び退り距離を取った。それに追いすがるように今度はモンタナが距離を詰める。

たまに彼らの訓練風景を見ていると、展開はいつもこんな調子だ。

モンタナは目がいいのか、アルベルトが動き始めると同時に対応をする。

アルベルトは体勢を崩しても、すぐに次の動きにつなげることができるので、攻撃がかわされても反撃を喰《く》らわない。

実力がちょうどよく拮抗《きっこう》していて、中々決着がつくことはない。

最近では私にも攻撃のやり取りが見えてきた。自分では上手《うま》く動けなくても、目は肥えてきたということだ。ちょっと嬉しい。

ただ残念ながら私は、彼ら以外の人たちの戦いをあまり見たことがない。だから二人がどれくらい高度な駆け引きをしているのかがよくわからないのだけど。

先ほどから二人はにらみ合って動こうとしない。いいタイミングかもしれない。

「話がつきましたよ、キリのいいところで街の観光に行きましょう」

私の言葉に反応したアルベルトが、体の力を抜いてこちらを振り返った。するとその直後、モンタナがさっと動いてアルベルトの脇腹を木刀の先でつつく。それは本当に触れただけで、攻撃というほどのものではない。しかし、モンタナはチラリとアルベルトを見上げて言った。

「これで終わりです」

「……おい、なんだよ今の」

「……？　街行くですよ？」

「おい、モンタナ、俺負けてないぞ、今の引き分けだからな、おい、聞いてるか!?」

「買い物行くです」

モンタナはついてくるアルベルトに取り合わずに、木刀を片付け、小走りで私たちの方へやってくる。

「キリのいいとこっていったですから、キリよく勝つところまでやったです」

「認めねー、俺は絶対認めねーからな！　な、ハルカ、今のは引き分けだよな」

「え、ええ、まあ、そうなんじゃないでしょうか？」

「ほらな、引き分け、引き分けだからな！」

「ですです」

モンタナはぺったりと耳を畳んで、聞こえないふりをした。アルベルトがいくら文句を言おうと、まったく取り合おうとしないモンタナは、意外と意地悪で、多分勝負にこだわる性格をしているようだった。

まあ、なんというか、もしかしたらこれは、前にもましてモンタナが心を開いてきた証なのかもしれない、そう思うとちょっと微笑《ほほえ》ましい光景ではあった。


訓練場から出たあたりで、アルベルトが一度後ろについてくるサラを睨みつけてから首をかしげる。そういえば経緯を説明していなかった。いや、私も彼女がなぜ今もまだついて来ているのかよくわからないのだけれど。

「なんでこいつ付いてきてんの？」

「は、ハルカさんのしもべになったからです」

「アル、今の聞かなかったことにしてもらえませんか？」

できればなかったことにしたい話を、サラはどうしても事実としたいらしい。勘弁していただきたい。アルベルトは私とサラを見比べて何やら思案しているようだ。

私が彼女にしもべになるよう要求したわけではないことを、言い訳した方がいいだろうか。

「んで、お前、サラだっけ？　付いてくるなら自己紹介くらいしろよな」

「そうですね、そうでした。私はサラ＝コートです。十三歳で、今はレジオン神学院に通っています。両親はオラクル教の司祭で、私もいずれはそうなりたいと思っています。魔法が少し得意で、それから、予知夢の神子と呼ばれています」

「ふーん、俺はアルベルト＝カレッジ。十六歳の五級冒険者。護衛依頼でオランズからここまで来た。ハルカが自分で戦うって言ってなかったら、お前ら全員骨の一、二本くらい折ってやろうと思ってた。今からでもそうしてやってもいいと思ってる」

アルベルトが憤るでもなく、平然とそう言ってのけた。まるでそれが当然の権利であるかのような発言に、私とサラはさーっと顔を青くする。しかし残る二人の仲間たちは、アルベルトの言葉にうんうんと頷いていた。

つまり、私が相手をしていなければ、先ほど相手をした子たちは皆、相当ひどい目に遭っていた可能性がある。

冒険者は荒っぽい。それにしてもここまでなのかと、同じ冒険者であるのに戦慄してしまった。多分それが、冒険者としての普通の対応なのだろう。よかった、任せないで。

「あ、あ、あの、あり、ありがとうございます、ハルカさん」

「い、いえ、良かったです、無事で」

声を震わせながらサラが私のローブの裾をつかむ。

まあ、怖いだろう。アルベルトの言葉は脅し文句には聞こえない、真に迫ったものがあった。

「ハルカがそれでいいならいいけどな、俺はそれぐらいムカついてたってこと、忘れんじゃねぇぞ」

「は、はい」

素直に返事をしたサラに溜飲《りゅういん》を下げたのか、アルベルトは言葉を続けた。

「んで、その神子ってのはなんなんだ？　さっき他の奴らも言ってたよな」

「み、神子を知りませんか？」

「知ってるか？」

首を傾《かし》げたアルベルトは私の方へ視線を送ったが、そんなことをされても回答は持っていない。この世界で生まれ育ったアルベルトが知らないのだから、きっと特殊な職業なのだろう。

私も首を横に振ってよくわからないと意思表示。

「そ、そうですか。神子というのはですね、他の人にない特別な力を持ったひとのことを指します。魔法や戦闘能力に優れたもののことをそう呼ぶこともありますが……。神に愛されし子、という意味で神子と呼ぶそうです」

「ふーん、あんまり聞いたことないわね」

「神聖国内で生まれることが多いので、それも能力者を神子と呼ぶ理由です。よそでは別の呼ばれ方をされているのかもしれません」

超能力者みたいなものだろうか。この国、というかオラクル教の庇護《ひご》下であるからこそ神子という呼ばれ方をしているようだが、他では違う名で呼ばれているのかもしれない。

魔法のある世界で特別な力と言われても、あまり想像もつかないのだが、魔法では再現しにくい力なのだろうか。あるいは、魔素を使用しないで行使される魔法のようなものなのかもしれない。

「私の能力である予知夢は、自分に関係する未来を夢で見ることができる能力です。指定して見ることはできませんし、あまり役に立ったりはしませんけど……。あと神子は大概の場合、魔素を上手に扱うことができます」

なるほど、確かにサラは他の子たちよりも上手に魔法を形作っていたような気がする。それが個人の努力によるものなのか、それとも本当に神子であるからなのかは、正直なところ曖昧であるような気がした。

そういうものだと言われると、本人は頑張ってそうなろうとするものだし、周りからの期待なんかもあるだろうから、必然的に優秀になってしまう気がする。

立場があるというのも大変だ、なんて考えているとサラが私の方を見ていることに気付いた。何やら緊張して、何かを迷っているようだ。

「どうか、しましたか？」

「そ、その、今回ハルカさんに強く出てしまったのも、予知夢でその姿を見ていたことがありまして……」

なるほど、無意味に喧嘩を売ってきたわけではなかったということか。いったい私のどんな姿を見たというのだろうか。黙って続きを待ってみる。

「予知夢って言っても、見たことがいつ起こるのかわからないんです。はっきり覚えてることもあるし、おぼろげにしか思い出せないこともあります。皆さんの見る正夢と一緒なんだと思います」

「結構曖昧なのねー」

「はい、そうなんです」

コリンの突っ込みにサラは大きく頷いた。本人もその頼りにならなさは自覚しているようだ。

「できるだけ覚えられるように、目が覚めたときに記録するようにしていますが……。その、それで……、じ、実は夢で、ハルカさんが私に攻撃を仕掛けてくるシーンを見たことがあったんです。だ、だから、夢でみたダークエルフだと思ったら、慌ててしまい……。でも、良く思い出してみると、その時の私の視線はもっと高かった気がしますし、手に杖を持っていました。これは、いつか私がハルカさんと戦わなければいけないということなのでしょうか……」

聞いてしまうと先ほどまでよりかはさらに納得だ。とはいえ、自分がサラに対して攻撃を仕掛けるなど想像がつかない。もしそれが先ほどのことだというのなら、卵が先か鶏が先かみたいな話になる。

もっと未来、もしかして私にはオラクル教と対立する日でも訪れるのだろうか。できるだけ避けるよう、気を付けて生きていくことにしようと心に誓う。

「見た夢が確実に現実になるわけではないんですよね？」

この確認は、私の未来に一握の安心を残すための質問である。そうであったらいいなという願いでもあった。

「いえ、それが……何も起こらないこともあるんです。だから信頼性はそこまでないんですけど……」

「それは回避する努力をしたから起こらないとか、まだ起こっていないだけという可能性も？」

「はい。でも考えて動いた結果、結局予知夢通りになってしまうこともあります」

「条件がよくわかりませんね……」

私が真面目に考えていると、横で聞いていたアルベルトが「わけわかんねぇ」と考えることを放棄した。

サラとしては自分の説明が上手くないから伝わらなかったのだと思ってしまったのか、肩を落として元気がなくなってしまう。アルベルトにそんなつもりがなくても、最初の印象から考えると、サラが敏感に反応してしまうのは仕方のないことであるような気がした。

委縮してしまったサラの姿をそのまま放置するのは忍びなく、何とかしてあげたいと思うのだけれど、こんな時私はどうフォローしたらいいのかが分からない。

困っていると、コリンが「そういえばさー」と声を上げてくれた。流石だ。

「サラって学院の子なんでしょ？　ってことは、テオとレオの知り合いだったりして？」

「それは……、スタフォードの双子のことでしょうか」

そんな家名だっただろうか。そういえばフルネームで自己紹介されていない気がする。

「多分？　あの、ほら！　金髪の双子。髪の毛ぴちっとそろえて、ちょっと小生意気な」

「それならはい、間違いないと思います」

本人たちが聞いたら怒り出しそうな人物紹介だったが、サラにはきちんと伝わったらしい。

きっとどこでも彼らはあんな態度なのだろう。

「魔法が得意で……飛び級で学院を卒業する予定です。今は多分卒業研修に出ていますね」

「へー、詳しいけど仲がいいの？」

「あ……、いえ。あの二人って殆《ほとん》ど孤立してるので、声もあまり聞いたことないんですが……」

「だよな！　あいつら友達いなそうだもんな！」

生き生きと割り込んできたのはアルベルトだ。今でこそ仲良くなったが、最初の頃は散々な目にあわされている。サラは驚いて目を見開いてから、曖昧に返事をして苦笑した。多分まだアルベルトという少年に対する理解が及ばず困惑しているのだろう。

テオとああだこうだと言い争いをしながら夜更かししている姿を見てきたので、その間には既に不和はないと知っている。だからこそ私としては笑える光景だった。

「ええと……、仲が悪いんですか？」

「いや、別に。こっち来る時一緒だったんだよ。早く戻ってこねぇかな、あいつら」

双子とは街についたら会う約束をしている。アルベルトの頭はもうそちらでいっぱいになってしまったようだ。アルベルトらしい。

「そういえばあの双子も同じ学院生のはずなのに、ハルカに変なこと言ってこなかったよねー。その代わり全員に態度が悪かったけど」

確かに他人と関わるのを面倒臭がる様子は見られたが、ダークエルフだからといって私だけを拒絶することはなかった。あの拒絶は、プライドの高さや年相応の反抗心でしかなかったように思う。

彼らのようにダークエルフに対して負の感情を抱いていない生徒もいるのだろうか。いるといいのだけれど。

今だって、たまにあちらこちらから嫌な視線を感じる。

今までのような好奇心からのものかと思っていたのだが、気にして確認してみると、不審者を見るような目を向けられていることがあることに気付いた。その視線は主に子供からだ。

普通に辛《つら》い。

おじさんが子供におはようと挨拶するだけで不審者扱いされる世界に住んでいたが、それでもこれほどまでに、悪い意味で注目を集めた経験はない。

何とかならないものだろうか。

「あの二人は……、ちょっと変わってましたから」

「ふーん、ってことは、これからもハルカは、睨まれたり絡まれたりするってわけかー」

明るく言ってのけないで欲しい。肩を落として歩いていると、左右から腕をポンポンと叩かれる。コリンとモンタナが憐《あわ》れみの視線と共に慰めてくれていたが、私の心はそれ程休まることはなかった。

十、コーディのお願い事

街を観光して過ごすくらいのまとまったお金はコリンが持っている。依頼を受けなくても問題はない。ただ、もともと観光の予定はなかったので、〈ヴィスタ〉の街について、私たちはあまり下調べをしていない。

どうしたものかと悩んでいる時に、案内を申し出てくれたのがサラだった。おすすめの店、レストラン、観光場所。街を歩いていると、どこにどんな区画があるか、そんなことを教えてくれた。

しもべにするつもりはまるでないのだけれど、こうも役立ってくれると邪険にもできない。結局しもべ云々《うんぬん》の話には触れないことにして、楽しく一日を過ごしてしまった。

サラが一緒にいるおかげなのか、子供たちは遠巻きに私のことを見るばかりで、何を言ってくるわけではない。しかし無言の視線には、ほんの少しの気疲れがあった。

たまにサラがその視線に気づいて、やめさせに行こうとすることがあったが、私は気にしていないからと言ってそれをやめさせていた。

ただでさえ、悪いと噂されているダークエルフと一緒に歩いているのだ。この上私のことを庇《かば》おうものなら、彼女の学校での立場に影響が及びそうだ。

年頃の少年少女は世界が狭いだけに残酷な側面もある。些細《ささい》なことで昨日までの友に攻撃的になったりするのだ。

正義感が強そうな彼女が暗澹《あんたん》たる青春を送ることになるのは避けたい。嫌な出会い方をしてしまったとはいえ、私はこのサラという少女に悪い印象は持っていなかった。

できることなら今すぐ私から離れて、日常に戻って欲しいものなのだが、なぜか頑《かたく》なに一緒に行動しようとする。

街を出る前に、泣いた赤鬼戦法でも取るべきだろうか。私にあの青鬼さんのような演技力があればの話だけれど。

「この街は外を歩いている子供が多いですよね。今は学院は休みですか？」

せめて学生たちに気持ちだけでも寄り添ってみようかと、彼らの今の状況を尋ねてみる。視線を気にしている仕草を見せずに、街の光景を見ていただけという素振りだ。私が気にしていると、サラは忠犬のごとく文句を言いに行こうとするので、態度には気を付ける必要があった。

どうしてこうなった。

「はい、冬季の休みになります。卒業予定のものはこの期間に研修に出て、それが終わればレポートを提出します。私たち在学生は、年が明ける頃には学校が始まります。ですから暮れや年明けのイベントに向けて、今のうちに冒険者ギルドで小遣い稼ぎをする生徒が多いです。私たち学院生は七級相当の依頼までは受けられることになっているんです」

「どうりで冒険者ギルドに子供が多いと思ったぜ」

と言うのは自分もまだ子供である年齢のアルベルト。冒険者になったからすっかり大人みたいな顔をしている。世間から見ても一応は成人という扱いになっているのであながち間違いではないのだけれど。

確かに学院に通っているというだけで、ある程度身分が保証されている子たちであるから、七級相当くらいまでは依頼を受けても問題ないのかもしれない。めぼしい依頼があまりなかったのもそのせいか。

日が暮れたので宿へ戻り夕食を取っている。当然のように一緒にいるサラは、もう家まで送っていくしかないだろう。どうしたらしもべになるのを諦めてくれるのだろうか。なんてことを私は考えていた。

しばらくそうしていると、突然「やぁ、どうも」と言ってコーディがやってくる。彼は当たり前のように同じテーブルについて飲み物の注文をした。

それから同じ席に座っているサラに気づいたようで、おやっという様子で話しかけた。

「サラ君、だったよね、予知夢の神子の。なんでハルカさんたちと一緒にいるんだい？」

「難癖つけてきたから、ハルカが説教して、んでしもべになった」

「へぇ、そうなんだね」

「アル、変な説明しないでください。コーディさんも、そうなんだねじゃないですよ……」

アルベルトが適当なことを言ったせいで笑われてしまった。

「間違ったこと言ってねぇもん」

「そうかもしれませんが誤解を招くでしょう」

「では誤解のないように説明してもらおうかな」

「ああ、実はですね……」

私は今日起こった出来事を順番に説明していく。できるだけ自分の感情を交えずに、起こったことをそのまま伝えたつもりだったが、結果的には子供たちの態度を偉い人に言いつけているような形になってしまった気がする。

少し心苦しかったが、遠征に出た初日に何かあれば相談していいと言われていたのを思い出し、思い切って全て話してみた。私としても、今の状態が健全であるとは思えなかったという理由もある。

「やっぱりその噂って結構浸透しちゃっているんだね」

コーディは大きく頷いてため息をついた。首を振って顔を顰《しか》めるのは、良く思っていない証拠だろう。

「この街ではね、罪を犯していない人族であれば、誰であれ快適に暮らせるべきなんだ。我々オラクル教は、それを保障している。ハルカさんには随分と迷惑をかけてしまったね。立場あるものとして正式に謝罪をするよ、この通りだ」

テーブルに額をこするようにして謝られて動揺してしまった。そんなことをしてほしかったわけではないし、周りからの目も気になる。

「いえ、いえいえ、コーディさんにそこまでされるほどのことではありません。やめてください」

「いや、私は立場上、外部との関係について気を遣わなければいけない。失態としか言いようがないね。ハルカさんが温厚な人だから良かったものの、もし他のダークエルフの方が同じ目にあっていたら、ひどい事件になっていた可能性だってある」

そう言われて私も返す言葉に困ってしまった。私だって似たようなことを考えていたからこそ、今コーディに話をしたという経緯があったからだ。

アルベルトが子供たちをどんな目に遭わせようとしていたかを考えれば、最悪の未来を想定することはできた。

もし喧嘩を売られたのが、名誉を気にするようなダークエルフの戦士だったら。あるいは逆に、戦闘力のないダークエルフであったのなら。どちらにしたって、大変な外交問題になっている可能性があった。

顔を上げたコーディは、真面目腐った顔で口を開く。

「というわけで、ハルカさん。あなたたちに改めて依頼をしようと思うんだ。もし明日以降に喧嘩を売ってくるような生徒、あるいは不躾《ぶしつけ》な視線であなたを見てくるような生徒を見かけたら、ちょっと叩きのめしてやってもらえないだろうか？」

「……はい？」

とてもまともな大人から出てきたとは思えない提案だ。聞き間違いだろうか。何を言い出すのだこのおじさんは。

「うん、だから、失礼な学院生に是非ともダークエルフの君から教育的指導をしてもらいたいと思って、物理的に」

別の言い回しをしてきても意味は一緒だ。

聞き間違いでないのか、もう数往復確認してみるが、何度聞いても答えは同じだった。

そんな提案、ただのおじさんである私が軽い気持ちで承諾できるわけがない。ここに来て私は、コーディが初めっから事情を知っていてここに姿を現したのではないかと疑い始めた。やけにタイミングが良く、サラのことも知っている。

しかもおそらく、コーディはそれがバレてもいいと思っていそうだ。

そもそも、ダークエルフを代表して、みたいな言い方をしたけれど、私はダークエルフ歴半年ちょっとの素人だ。というか、本当にダークエルフなのかも怪しい。

精神性で言えば、日本人のおじさんであるわけだから、真逆、というより文字通り別世界の住人である。そんな私が立派なダークエルフ面して偉そうに子供たちをその、叩いて回るというのはいかがなものか。

本物のダークエルフさんたちからしたら、海外でカラフルな寿司《すし》を見たような気分になるのではないだろうか。私はカルフォルニアロールとかも好きだけれども。

思考が逸《そ》れてしまった。

何にしてもとにかく、コーディの考えが今一つ読めない。そんな状態で、快諾なんてできるはずもない。

「そういう暴力的なのは、あまり……」

「冒険者は大抵こういう話が好きなのだけれど。ふむ、ハルカさんはそうでもないみたいだねぇ」

「言葉が通じるのに積極的に人を傷つける必要はないと思います」

そこまで話してから、はっとして仲間たちを見る。私は今勝手な一存で依頼を断ろうとしていることに気がついた。あまりに突飛な提案だったのと、コーディの怪しさに、仲間たちと相談することを忘れていた。

口いっぱいに食べ物を詰め込んだアルベルトは、視線の意味が分からず首をかしげていたが、ちゃんと食べることをやめて話を聞いていたコリンは、指で小さく丸を作った。モンタナもこくりと小さく頷く。

好きにしていいということだろうか。ほっと胸をなでおろす。

少し考えるそぶりを見せたコーディは、笑顔を崩さずに続ける。

「うーん、そうだね、諸々《もろもろ》の事情を抜きにすればそれは真っ当で正しい意見だと思う」

「私は……、明日から彼らと会話をしてみようと思います。その結果もし争いになるようでしたら、その時は、仕方がないのでご希望に沿う形になるかもしれません。というところでいかがでしょうか？」

良くしてくれるクライアントの提案をまるっきり突っぱねるわけにはいかない。乗り掛かった舟であるし、何かしらの行動は起こしてもいいと思っていた。

「……うん、うん、そうかい、それでも私はいいよ」

何度か頷いたコーディは、指先でゆっくりとテーブルを叩き、目を伏せて考えながら言葉を紡いでいく。

「では私は、オラクル教からの依頼書を、明日の朝に渡すとするよ。主な依頼内容は、ダークエルフに対して偏見を持っている子供たちの矯正に努める、だ。酷い怪我や殺しは困るけれど、多少の怪我までは許可を出せるようにする。報酬は出来高にしようかな。心を改めた生徒たちの人数に応じて、ってことにしよう」

交渉をして良かった。結果が一緒ならば、コーディも嫌な気持ちにはならないだろう。明日からは頑張って街を回らなければいけない。その時は……、虫のいい話だけど、同席しているサラにも協力してもらわなければならないかもしれない。

私も少しは成長しているのだろうか。嫌なことでも頷いていた当時のことを思えば、遅々たる歩みではあるが、きっと変わっているのだろう。

そんなことを考えていると、コーディはテーブルに肘をつき、手を組んで顔を上げ、不敵に笑う。

「その上で、一つ忠告を」

「……なんでしょうか」

妙な緊張感が漂っている。何か失態があっただろうか。

「言葉が通じるなら話す。実に結構だけれど、それは強者の理論だ。相手に何をされても大丈夫、っていう前提のね。心に留めておいてほしい、弱者からの意見としてね」

「わかり……ました」

つまり、自分が傷つくことがないと考えて、余裕を持ちすぎているということだろうか。忠告の意味を受け取りかねていたが、しかしわかったフリをして忘れてしまっていい言葉ではないような気がした。

「うん。ではまた明日の朝に来ることにしよう。サラ君のことは私が送って行こう、どうせ帰り道のどこかに家があるだろうからね」

サラと一緒に宿から出ていくコーディの背を見送って見えなくなったころ、食事を終えたアルベルトが一言ぼそりと呟いた。

「何言ってんだ、あのおっさん」

どうやらアルベルトの心にはコーディの言葉は全く響かなかったようだった。


アルベルトのように何言ってんだで済ませることのできない、面倒で繊細なおじさんである私は、ベッドに寝転んでもう一度先ほどの言葉について考え直していた。

言われてみれば、言葉が通じるから会話をするというのは驕《おご》りのある考え方であったように思えてくる。

今日の出来事だけを思い出しても、子供たちは一斉に私に向かって魔法を放ってきていた。普通の人だったら、死に直結する攻撃だ。だというのに、その攻撃を受けとめた肝心の私はそれを重くとらえていなかった。

命を狙われてお説教で済ます。とんだ聖人君子だ。

子供たちだって、悪戯《いたずら》で私のことをいじめていたわけではない。本当にダークエルフが破壊の神の使徒で、突然暴れ出して自分や自分の大切な人たちの命を脅かすかもしれないと思って警戒をしているのかもしれない。

だとしたら、私だけ考え方が甘い。一枚紙を隔てて世界を見ているような、そんな気持ちが全くなかったとは言えない。

言葉が通じるからといって、同じ倫理観を持って相手の命を尊重するとは限らない。

元の世界で戦争が起こったように。この世界で組織が村の人全員の命を奪うように。事情の前では倫理観なんてなくなることもあるのだ。

気をつけよう。

その上で、明日どうやって子供たちと会話をすればいいかを考えるべきだ。少なくともこの子供たちとは、まだ会話をする余地がある。

十一、噂の訂正

次の日の朝、予定通り、コーディが依頼書を持って宿を訪れた。

念のため確認させてもらったところ、内容は昨日コーディが話していた通りのものであるようだった。注目を集めているのを利用して、学院生たちの偏見をなくすというのが仕事内容だ。もっとじっくり取り組んでもいい問題のようにも思えるのだが、コーディにはいったいどんな狙いがあるのだろうか。そこに未だ納得がいっていない私は、昨日と同じような質問をもう一度してみた。

「この依頼はコーディさんにとってどんな得があるのでしょうか？」

「私はさ、ほら、一応この国の外部との窓口みたいなところがあるからね。未来のある子供たちに妙な噂と偏見が広がるのは困るんだよ」

「本当にそれだけですか？」

コーディが見た目通りの穏やかな男でないことには、いい加減私でも気がついている。

今回のこともやけに準備がよく、何か事前に狙いがあったかのような判断の早さだった。誰かの為に働くことは嫌ではないけれど、真意がわからず利用されている状況は気持ちが悪い。

「いやぁ、色々とあるけれど、君たちに迷惑をかけるつもりはないから心配しないでいいよ。私はわざわざ敵を増やして楽しむような人間ではないからね」

「……そうですか、ではがんばります」

こちらの考えていることなどお見通しだったのか、牽制するような答えが返ってきた。どこまで信用していいものかわからないが、依頼書に不備がない以上、いつまでも疑っているわけにもいかないだろう。

迷惑をかけるつもりではない、というのが本音であることくらいは信じてもいいのかもしれない。

「それではよろしく頼むよ。私は今日もユーリ君についての調査でもしてくるとしようかな。……その件についても、そのうち協力してもらわないといけなくなるかもしれないからね」

立場のある人間というのは大概そういうものだが、方針を決めてからでないと他人にその話を振ってこない。組織の一員として働いているのであれば、上の方針に従っていればいいものだが、こうして契約を結ぶ関係になってみると、秘密主義のなんと厄介なことか。

日本にいた頃フリーランスで働いていた人々も、こんな気持ちだったのだろうか。そうだとしたらあの太々《ふてぶて》しさも納得がいく。

「今日はどうするです？」

モンタナが大きな窓の方をぼんやりと見つめながら尋ねてくる。

「普通に街をうろついてみましょうか」

「そだねー、歩いているだけで向こうから来てくれるしさ。観光ついでにやるくらいでいいんじゃない？」

「どうせなら全員見つけてぶん殴ろうぜ」

「あの、手を出すのは最終手段なので、控えていただけると……」

アルベルトは依頼内容や昨日私が話したことをよく理解していないようだ。あるいは、わかっていてなお、全員殴ってもいいと思っている。基本的に非常に冒険者らしい思考をしているアルベルトは、物事の解決手段の一つとして殴り合いというものがあるらしいので仕方がない。

「決まりですか」

そう言って立ち上がったモンタナは、そのまま宿から真っすぐ外へ出て行こうとしている。いつもならもっとのんびりしているのに珍しい。どうしたのだろうと思いながらも私たちが後を追うと、モンタナはそのまま宿の扉をくぐり、やがて足を早めて小走りになった。

「ど、どうしました？」

問いかけに返事はない。てててっと走って角を曲がっていくモンタナを追いかけていくと、どん詰まりでモンタナと一人の少年が見つめ合っているのが見えた。

「な、なんだよ！　どけよ！」

「一人、見つけたですよ？」

振り返ったモンタナの間を抜けていこうとする少年だったが、そうは問屋が卸さない。見ていなくてもモンタナは体をスライドさせてその逃走経路を塞いだ。逃げ出そうという気持ちはあっても、立ち向かう程の勇気はないらしく、少年はたじろぎながら右往左往している。

モンタナのサイズが小さいため、遠目から見たらただ遊んでいるようにしか見えないかもしれないけれど、少年の表情には強い焦りが浮かんでいた。

まあそうだろう。彼にしてみれば、私、すなわち悪いダークエルフを見張っていたら捕まってしまったのだから。……別にいじめたりしないのだけれどね。

◆

友人のうちの一人がダークエルフを見つけて、そいつに返り討ちにされたという話を聞いた。つい昨日の話だ。ついにこの平和な街〈ヴィスタ〉にも悪い奴が現れたのだと、少年は戦慄した。

友人たちと話し合うことしばらく。どうするべきか結論が出ない。慎重だが、臆病ではない、仲間内から参謀と呼ばれる少年は意見を求められ、難しい顔をして仲間たちに告げる。

「まずは、俺が様子を見てくる。大人数で行くとばれるからな、俺一人で行ってくる」

まずは様子を見て、弱点を見つけて仲間たちに知らせてやるつもりだったのだ。

友人たちからの称賛の声と拍手が気持ちよかった。実はちょっと怖かったので、覗いて容姿を確認するくらいのつもりでいたのが、今はすっかり英雄気分になっていた。これはしっかりと情報を手に入れてこなければいけない。

少年はそう心に決めて、早朝の街へと繰り出したのだった。

宿を突き止めて見張っていると、なんだか式典で見たことのある、えらいおじさんと話しているのが見えた。大人はもう洗脳されてしまったのかもしれない。自分たちが頑張るしかない、そう思った。使命感が少年の心を突き動かす。

窓からこっそり覗いていると、小さい獣人がじーっと自分の方を見つめていることに気がついた。少年の心臓がドキリと跳ねる。まさか見つかっているのだろうか。

ローブをかぶっているダークエルフの姿はまだきちんと確認できていない。今逃げ出しては、称賛してくれた仲間たちをがっかりさせるかもしれない。そんな思いから、少年は逃げ出すタイミングを逃してしまった。

ややあって偉い人が去って行くと、小さい獣人を先頭に悪い奴らが外へ出てくるではないか。慌てて路地裏に駆け込むと、後ろから小さな足音がついてくる。角を曲がりながら振り返ると、先ほどの獣人の少年が、すぐ後ろをついて来ていた。

しまったと思い駆けだそうとした瞬間、目の前に高い壁が立ちふさがるのが見えた。行き止まりだ。まずいと思ってメインストリートへ出ようとした時にはもう遅かった。背後に獣人の少年が立ちふさがる。

ひょこっと顔を出したダークエルフの一味に、逃げられないことを悟ってしまい、少年は顔を青ざめさせた。逃げようと左右に動いてみるが、進路を全て妨害される。

その間にも、悪のダークエルフがゆっくりと歩いて近寄ってくる。

怖い。

少年は恐怖しながらも、覚悟を決めてダークエルフのことを上から下まで観察してやることにした。

ダークエルフがかぶっていたフードを外す。

すらりと長い脚、細い腰に、豊満な胸元。日にやけたような肌の色に、銀色の長い髪が揺れる。ダークエルフが顔にかかった髪を長い耳にかけると、整った容姿があらわになった。そして、そして……。

少年はその女の足元から顔までじっくりと確認して思った。

おっぱいおっきい。美人、かっこいい。そんなの聞いてない、あとおっぱい大きい。

少年は勇敢で慎重だった。街のことを思う健全な心を持っていた。そしてそれ以上にむっつりで不健全だったようである。

「あの、少しお話を聞いていただきたいのですが……」

こくこくと何度も首を縦に振った少年は、迷いのない、まっすぐな目をしていた。


この少年が十数年後、【神聖国レジオン】とダークエルフの里との国交樹立を果たすのは、また別の話である。

◆

一度少年を連れて宿に戻る。一生懸命逃げ出そうとしていたのだが、私が真摯にお願いをすると、素直に頷いてついて来てくれた。

テーブルについてお茶を頼み、少年へお願いをする。

「もしダークエルフと会うことがあったのなら、別に警戒するのは構いません。しかし、あなたが、その目で見て、考え、それからどう接するか考えてみてほしいのです。少なくとも私は悪いことをしようとなんてしていません」

「はい！　そうだと思います」

「ただその、私もはぐれ者ですので、他のダークエルフと会うときは、またどんな人なのかよく見極めてみたらいいと思います」

「はい！　わかりました！　そうします！」

「えっと、その、ありがとうございます……？」

あまりの元気の良さに首をかしげてしまったが、反応はおおむね良好だ。

話を聞いては元気よく相槌《あいづち》を打ってくれるので、話す甲斐《かい》があるというものだ。

視線は常に、面接の基本である首元に合わせられている。なんというか、しっかりした少年である。

「友人にも伝えておきます！」

「あ、はい。まだしばらくこの街にいますので、もし何かあればこの宿へどうぞ」

「はい、よろしくお願いします！」

話がついて宿から出る間も、少年はずっと私に向かって大きく手を振ってくれていた。うん、いい子だった。

私は満足して宿を出たのであるが、どうも仲間たちの様子がおかしい。アルベルトとモンタナは、呆れたような顔をしているし、コリンはなぜか笑っている。

「……どうしました？」

「いや、別に」

「……です」

こんなにはっきりしない二人は珍しい。どうしたものかと首をかしげると、コリンが笑って声を震わせながら言った。

「この調子で、ふふ、いきましょ！」

背中を平手でぽんぽんと叩かれる。まぁ、別に悪いことはないのだろう。

「そうですね、頑張りましょうか」

仕事なのだから私が気合を入れると、コリンが余所を向いて変な声を出した。何がそんなにおかしいのだろうか。


数日間街を練り歩きながら、私は子供たちと話をした。

モンタナが捕まえることもあれば、なぜかあちらから男の子たちが大勢揃《そろ》って現れることもあった。先頭に立っていたのはあの少年だったので、礼を言うと変な叫び声をあげていなくなってしまった。情緒不安定なのだろうか、心配である。

そんなある日、初日から数日姿を見せていなかったサラが、たくさんの女子を引き連れて現れた。

ものすごい眼つきで私を睨みつける大量の女子。怖い。戦闘力とかの問題ではなく、単純に女性の集団が自分の方を見ているというだけで恐怖を感じる。まさか集団を率いて復讐《ふくしゅう》しに来たのだろうか。

そっと仲間たちの方を窺うと、三人は平然としている。それどころかアルベルトは、腕まくりして喧嘩の準備をしている。この子は男とか女とか本当に関係がないようだ。殴り合う気満々である。

「話、聞くわ。サラちゃんにお願いされたから。わ、私はあなたの顔なんかに騙されたりしないんだから」

腕を組んで拒絶の意思を示しながら、先頭に立っている女の子が宣言をする。この顔で誰かを騙したことなんてないはずなのだけれど、この妙な敵意はいったい何だというのか。

とにかく話を聞いてくれるというので、私は私の伝えるべき言葉を話す。

敵ではないこと。危ないと思う相手には近づかない方がいいこと。ものごとの真実は良く確かめてほしいこと。

それから質問に答える。普段どんなことをしているのか。どんなことができるのか。疑いを持った質問から、段々と興味に変わり、私個人のことや冒険者についての質問をされる。気づけば敵意を持った視線は消えて、ただ好奇心が旺盛な、学ぶことの好きなたくさんの子供に囲まれているだけになっていた。

やっぱり子供は子供なのだ。与えられた知識を吸収し、色々と間違いながら成長していく。自分がその一助になれたかもしれないと思うと、悪い気分ではなかった。

「サラさん、口添えしてくださってありがとうございます。助かりました」

今回の話がうまくいっているのは、最初に捕まえた少年、それからサラが尽力してくれたおかげだ。礼を言うのは当然のことだろう。

サラは照れ臭そうに笑ってくれる。

「はい、私はハルカさんのしもべですから！」

あたりがシンと静まり、徐々に解《ほぐ》れていた気の強そうな子の目つきに険が戻る。サラがはっとしてその口を両手で塞いだが、もう手遅れである。

そうかぁ……、それ、他の子に伝わってなかったんだなぁ。

この後散々言い訳をさせられることになったが、時間をかけて誤解を解いた私は、精神的疲労を抱えながらとぼとぼと宿へ戻ることになったのだった。

十二、噂の元凶

街中を歩いていても、子供たちからの視線が気にならなくなった六日目の朝。私たちは〈ヴィスタ〉に帰ってきた双子たちと会うべく街を歩いていた。

待ち合わせ場所に到着すると、そこで待っていたのは予定通りレオとテオの二人。それにもう一人、眼鏡をかけた二人に少し似ている妙齢の女性が立っていた。

「おはようございます」

「え、あ、はい、おはようございます」

双子が何かを言う前に丁寧に朝の挨拶をされたものだから、私も同じように頭を下げる。誰だろう、双子のお姉さんだろうか。

「なんか叔母さんがハルカに話があるって。俺難しい話聞きたくねぇからどっか行くわ。アルベルトも行くだろ？」

「行く」

早々に離脱を宣言したテオが誘うと、アルベルトは一も二もなくそれに同意した。叔母さんとやらはいかにも硬い雰囲気をまとっていたし、面白くない話が始まるのだろうと察したらしい。いつの間にやら阿吽《あうん》の呼吸だ。

「んじゃ行こうぜ。他に行くやつは？」

「あ、私もそっち行こっかなー」

確かにぶらぶらしている方が楽しいかもしれないが、皆して行ってしまうと少し心細い。ちらっとモンタナを見ると、まだ目が覚めていないのかぼーっとしていて、ついて行く気はなさそうだった。

「そうですか。あ、迷子にならないように気を付けてくださいね」

「子供じゃねぇんだからならねぇって」

子供じゃなかったとしてもなりそうだから心配しているのである。まぁ、テオと一緒にいる分にはおそらく大丈夫だろう。ちなみに関係ないみたいな顔をしているが、コリンにも気を付けてもらいたい。

三人が街に繰り出すのを見送って、二人の叔母さんとやらと向き合う。難しい顔をしている彼女は、レオに肘でつつかれて咳払いをした。

「んん、マルチナ＝スタフォードと申します。学院で、歴史などを生徒に教えております」

なるほど、彼女が緊張している理由が分かった。私の視点から、悪く言うのであれば、彼女こそが今回の騒ぎの元凶である。

「僕たちが帰ってきて早々、取り次いでくれって言われたんです。事情は一応聞いて連れてきたけど……、僕はハルカさんの味方をするからね、姉さん」

「取り次いでくれただけで感謝しています。勝手に出しゃばってきて申し訳ありませんが、少しお時間頂けないでしょうか」

「いえ、私も詳しい話を伺いたいと思っておりましたので、丁度良かったです」

「恐縮です。では落ち着ける場所へ移動しましょう。お代はこちらが持ちますので」

ダークエルフを悪者だと語る人にしては、妙に丁寧で、落ち着いた人だ。そんな影響の大きいことを軽い気持ちで語る人には思えない。

落ち着いた雰囲気の喫茶店へ案内され、人の目がつきにくい角の席へ腰を下ろす。マルチナは、カウンターで受け取った飲み物をテーブルに置くと、立ったまま深く頭を下げた。

「まずは謝罪を。私の教育のせいで、あなたたちに大変な迷惑をかけたことをお詫《わ》びいたします。魔法を撃ってきた生徒までいたと聞きました。申し訳ございません」

殊勝な態度からいったいどんな糾弾をされるのだろうと緊張していたところに来たのは、誠心誠意の謝罪だった。何がどうなっているのかさっぱりわからない。

「はい。怪我もしていませんし、謝罪については受け入れますが……。ことの経緯を説明していただけますか？」

今となっては街を歩くのにもそれほど不便はない。謝罪する相手を責めるつもりはないが、事情だけは聞いておきたかった。

「言い訳のように聞こえるかもしれませんが、私はダークエルフが悪いものだと話したつもりはなかったのです。ただ、新任の教師だった私は、世界の歴史と不思議に興味を持ってもらおうと話すうちに、きっと熱が入りすぎてしまったのだと思います」

そんな枕詞《まくらことば》から始まったマルチナの話は、非常に興味深いものだった。

遡って話したのは、この世界の二柱の女神のことだった。

この世界の創造は二柱の女神によって行われたそうだ。

この女神は双子で、大陸を作り、島々を作り、そこに暮らす動物を作った。そして最後に知性を持つ生き物を作り出したのだという。まぁ、いわゆる創世神話といわれる話なのだろう。私自身はこういった話が好きなので、耳を傾けることに苦はないが、生徒たちがそうであったかはわからない。ちなみにモンタナはうつらうつらと舟を漕《こ》いでいる。

創造の神オラクルは最初に自分を模したエルフを生み出し、それから人、そして獣人やドワーフ、小人を生み出したそうだ。

オラクルの作り出した人は、一様に物を作り出すこと、育むことに優れている。

オラクルがそうしている間、破壊の女神ゼストも休んでいたわけではなく、同じように生き物を生み出していたのだという。彼女に似たダークエルフを作り、それから少しずつ変わった形の種族に派生させる。

そうして生まれたのが、破壊者《ルインズ》と呼ばれる好戦的な種族だ。

二柱の女神はどちらも争う意思はなかったが、自分を模して作ったものたちはそうではなかった。

新しく物を作り出すことこそ素晴らしく、生き物には規則と思いやりこそ大切であると考えるオラクル。

物はいつか壊れるからこそ愛《いと》おしく、生き物は強く勇敢に猛々《たけだけ》しく生きるべきだと考えるゼスト。

その思いを受け継いだ生き物たちは互いに争い合った。

そうして起こったのが、前の時代の争い、いわゆる神人戦争と呼ばれるものであったのだという。

その争いは激しく、長く、やがて世界は荒れはてて、それぞれが生きることだけで精いっぱいのありさまになってしまった。多くの文化が滅び、多くの叡智《えいち》が失われ、そうしてわずかに残った人々が、ようやくまた生活の領域を広げ始めた。それが今の時代なのだそうだ。

神々は自分の作ったものたちに助言を与えることはしたが、その生き方自体には干渉をしなかった。もしかしたらそれが互いの中の約束だったのかもしれない。

「つまりですね。実は破壊者と我々人族は、生き方の違いこそあれ、どちらも神に愛されて生まれた存在なんですよ！　果たして……」

「姉さん、やめなよ」

語っているうちに熱くなり、段々とよろしくない方向へ暴走し始めたマルチナ。それを止めたのはレオだった。

非常に興味深い話だったので、私としては是非続きを聞きたかったのだけれど、どうやら外で身振り手振りしながら話すような内容ではないらしい。

「だから僕は授業で熱くなるような話しない方がいいって言ったんだよ。案の定問題になってるじゃない」

「はい……」

「姉さんは教師に向いてないよ。すぐ授業から脱線するし。やっぱり学園の研究室に戻ったら？」

「し、しかし、スタフォード家は代々優れた教育者を輩出している家系です。誰かは教師になるべきでしょう」

「別に姉さんがならなくてもいいでしょ」

マルチナが言い負かされて黙り込む。きっと生来真面目な人なんだろう。しかし恐らく最新の見解を楽しげに語る姿は、どちらかというとオタク的で、研究者といわれる方が納得できた。

「それにさ、姉さんはダークエルフに個人的な思いがあるでしょ。そういうのが知らず知らず伝わっちゃったんじゃないの」

「それは……」

何かを言い返そうとしてマルチナは言葉を詰まらせる。

「ええっと、何かあるんでしょうか？　この辺りではダークエルフの姿を見ることはないと聞きますが」

見たこともない、会ったこともない存在に、どうして個人的な思いを抱くのか。話すのをためらっているマルチナに対して、レオが視線で話をするように促した。

「迷惑かけたんでしょ」

言葉で追撃されたところで、マルチナはため息をついてしぶしぶ口を開く。

「ハルカさん、スタイルが非常にいいですよね。容姿も整っています」

何を言い出すのだろうか。突然褒め始めたけれど、なにかとんでもないことを言い出す前触れか。残念だけれど、私のこれは仮の姿なので、褒められてもそこまで嬉しくないのである。

「私には……、考古学研究を共にする婚約者がおります。ダークエルフに会ってみたいと言って、四年ほど前に南方大陸へ向かい、まだ帰ってこないのです」

「ま、まさか……」

それで婚約者を失っていたのだとしたならば、特別な気持ちを持っていることも理解できる。

私が息をのんでいると、マルチナはゆっくりと首を横に振った。よかった、ご健在らしい。

「いいえ、それから……、頻繁に手紙が来るのです。やれ、ダークエルフはスタイルが良いとか！　美人が多いとか！　幼馴染《おさななじみ》とはいえ、婚約者相手にそんな連絡をいちいちよこしますか！　デリカシーがないとしか言いようがありません！　大体あの人は……っ、……いえ、すみません、少し興奮しました……」

怖かった。美人が怒ると怖いのだ。特に冷静で声を荒らげなそうな人が、目じりをひくつかせながら大きな声を出す姿はとっても怖い。何も悪いことをしていないのに、意味もなく謝りそうになってしまった。

「……だからといって、ダークエルフの方を貶《おとし》める気はなかったのです。ただ、世界の歴史に興味を持ってくれる生徒が一人でも増えればと……。言い訳にすぎませんね……」

段々と小声になり、最後は謝罪で締めくくったマルチナは、すっかり意気消沈して小さくなっていた。彼女はまだ二十代前半くらいだろうか。会社にいればまだ大学を出たばかりの新人くらいの年齢である。

おじさんとしては何とかして復活してもらいたいのだが、昔から私はそういうことが得意ではない。下手に話しかけてセクハラにならないようにと考えているうちに、何もできないで時間が過ぎていくのが常であった。

そんな小さくなったマルチナに、レオが追撃をかける。

「そもそも、オラクル教の教えと違うことを授業で話しすぎだと思う。そのうち怒られるからね」

私もそこが気になっていた。オラクル教は確か、破壊者を徹頭徹尾敵として認識していたはずだ。マルチナの話を聞くと、なんだか違う見解があるように思える。

「オラクル教で教える神話と、先ほど聞いたものは違うのですか？」

「全然違うよ、喫茶店で大きな声で話すようなことでもないし……。ハルカさんが誤解するといけないからオラクル教としての見解も教えておきますね」

それからレオが語ってくれたものは、マルチナの話とはずいぶん違っていた。

創造神話の途中で仲違《なかたが》いした双子の女神は、南方大陸を取り合うように自分たちの生み出したものを戦わせたというのがオラクル教での見解だった。

その際に創造の神オラクルは戦いたくなかったが、破壊の神ゼストの作った破壊者が攻めてくるので仕方がなく人々に戦いの術《すべ》を教えた、ということになっている。魔法はその時に生まれたのだそうだ。

全体的な流れはあまり変わりないが、破壊の神ゼストが悪く語られている点が大きな違いだろうか。

オラクル教としての見解を聞いてしまうと、マルチナの語る言葉は、異端審問にかけられてもおかしくないような内容だ。大丈夫なのだろうか。

とにもかくにも、そういったベースがあったからこそ、破壊の神を模して生まれたダークエルフ＝悪いやつという認識に至ってしまったのだと理解できた。それぞれの意図が交錯した不幸な事故であると言えなくもない。

まあ得てして宗教と歴史というのは相容《あいい》れない部分があるものだ。

しかし私としては、考古学者の見解というモノを聞いておきたい。この世界の歴史というのがどんなものであるか、非常に興味があった。

別の世界で突然ダークエルフの体になっている私としては、そこに何らかのヒントが隠されていることもあるのではないかと思っていた。まぁ、普通に歴史にロマンを感じた面も大きいのだけれど。

「あの……、歴史の話、もっと詳しくきかせてもらえませんか？」

「い、いいんですか？」

「はい、興味があります」

そわそわと体を揺らし、ちらちらとレオを見るマルチナは、まるで子供のようだ。あまり人に自分の見解を話す機会がないのだろう。レオは顔を顰めて私の方を見ると、やれやれといった調子で口を開く。

「まぁ、ハルカさんが聞きたいならいいんじゃない？　でも興奮して大きな声出すのはやめてよね」

恥ずかしいから、と付け足さなかったのはレオの優しさか。

「で、では！」というマルチナの最初の一声が思った以上に大きく、じろりとレオが睨みつける。あと、モンタナが驚いて目を覚ましたようだ。何度か瞬《まばた》きをしてから、当然のように手を伸ばしてお茶を啜《すす》った。多分状況はよく理解していない。

それからマルチナは声を潜め、たまに大きくなる度レオに睨まれながら、歴史について語ってくれた。

神人時代。かつて人がもっとも繁栄し、大陸の全土に街が広がった時代。

マルチナが話すところによれば、争いが本格化する前までは破壊者はただの一種族として扱われており、人と共に暮らすものもいたのだそうだ。資料を読み解くと、そのような描写があったり、人と破壊者の街がすぐ隣に接していたという記録もあるのだとか。

彼らの性質は今とあまり変わっておらず、確かに戦いを好むものが多く、戦争も絶えなかったが、それでも今のように関係が断絶していたわけではない。互いの言葉が今も通じることが、その証明でもあるという。

マルチナは楽しそうにそういった資料についての知識をつまびらかに話したが、途中で一度だけ、はっと我に返って警告を挟んだ。

「でもね、これは飽くまで昔の話です。今の時代破壊者と出会うようなことがあれば、迷うことなく逃げるか、戦う選択をするべきでしょう。私たちが彼らを敵と認識しているのと同じように、彼らもきっとそう思っています。話が通じれば……それは素敵なことですが、死んでしまっては元も子もありませんから」

当然のことだろう。冒険者の仕事では、破壊者と戦うこともある。自分たちだけ襲わないで欲しいなんて虫がいい話だ。

歴史の話が途切れると、マルチナは破壊者の種族の話をしてくれた。人族に獣人やドワーフがいるように、破壊者にも様々な種族がいるのだという。

最北の大地に住む巨人族だけとっても、ジャイアント、サイクロプス、トロール。角が生え、強力な膂力《りょりょく》を持つオーガ。夜の王であり、驚異的な再生力を持つヴァンパイア。空を飛ぶガルーダにハーピー。海には美しいセイレーンや魚面のマーマンが住んでいる。

彼らは互いに争い、従え、けん制し合っているのだそうだ。何も一致団結して人族と戦おうというわけではないらしい。だからこそ今、人族がこれほどまでに領土を拡張できているということらしいけれど。

すっかり私が破壊者とこの世界の歴史について詳しくなったころ、外はもう日が暮れ始めていた。少し声をからしたマルチナは、腕を大きく上げて体を伸ばす。

「久々に……、こんなに歴史や種族の話をすることができたわ、楽しかった……。迷惑をかけてしまったというのに、こんなに話を聞いてくれてありがとうございます」

「いいえ、私の方こそ、知らないことばかりで、話していて面倒だったでしょう。色々知れてよかったです」

「また機会があったら……話ができるかしら？　私はこの街から出ることがほとんどないから、その時はハルカさんの冒険の話を聞かせてもらえると嬉しいわ」

「ええ、これだけ栄えている街ですから、きっとまた訪れることがあると思います。その時は……学院を訪ねれば会えますか？」

「そうね、それかスタフォード家に話を通してくれれば時間を作れると思うわ」

マルチナは満足そうに微笑むと、さっと伝票を手に取って、そのまま支払いをして外へ出て行った。何とも充実した一日だった。大満足である。

「……楽しかったですか？」

問題があるとすれば、途中から存在が薄くなってしまったレオが、恐らく今拗《す》ねていることである。モンタナはずっと一人で石を磨いたり削ったりと、作業をしていたけれど、レオに関しては本当に話を黙って聞いていただけだ。わざわざ会いに来てくれたというのに、一日放置した形になる。

「そのですね……、まあ、楽しかったですね……」

「そうですか。ふーん」

「……えーっと、晩御飯一緒に食べましょうか。明日とか、その、街の案内をしてもらえると嬉しいです」

「…………それで手を打とうかな。それじゃ、行きましょうか。流石に一日中いたから店の人の視線が痛いですし」

そう言って機嫌を直してくれたレオは、もしかしたら私よりずっと大人かもしれない。

レオが好きな店の話や、テオがした失敗の話を聞いている間に宿へ着いた。扉をくぐり正面に、見覚えのある人物がさも当然かのように座って手を振っていた。我らがクライアントのコーディだ。

「今日はもう仕事終わったんですか？」

「うん。仕事を終わりにするかどうかは私の判断次第だから、今日はもう終わり。……話は聞いているよ。あっという間に学院生たちの心をつかんだそうじゃないか」

「みんな、元からいい子たちでしたよ。サラさんも頑張ってくれましたし。……誤解が色々とあったようですが、解消できてよかったです。今日はマルチナさんという学院で教師をしている方とも話が出来ました」

「おや、それでレオ君が一緒にいるんだね。実に仕事が早い。……それで、どんな話をしたのかな？」

昼間の話を思い出して、私は一瞬答えることに迷う。どこまでが話していいことで、どこまでが話してはいけないことなのかが分からない。

コーディはかなり鷹揚《おうよう》な人物であるように思えるが、同時に何を考えているのかわかりづらい部分がある。それに彼は、オラクル教において身分のある人物だ。マルチナから聞いた話を丸々話してしまうと、彼女に迷惑がかかるような気がする。

「何か、答えづらいことでも？」

問いかけてくるコーディはいつもと変わらず、何かを企《たくら》むように微笑んでいた。

十三、コーディ＝ヘッドナート

「特に答えづらいことなんてありません。ただこの世界にいる種族の詳細や、歴史について教えてもらっただけです。流石教師なだけあって、マルチナさんはものを教えるのが上手ですね」

「ほう、それは良かった。ハルカさんはそういったことに興味があるのかな？」

「ええ、聞いていて面白かったです」

腹の探り合いは苦手だ。

得意ではないという意味においても、好ましくないという意味においてもだ。

相手が何を考えているかを悟ることも苦手だが、ずっと微笑をたたえているコーディが、なにか探りを入れてきているということは雰囲気で察した。

「ハルカさんの地元ではあまりそういった話は聞かなかったかな？」

「……あの、私半年くらいより前の記憶がないという話はしていませんでしたか？　てっきりご存知かと思っていました。冒険者ギルドからはそういった話はしないのですね」

「記憶がない……？　いや、聞いてないなぁ。冒険者ギルドは個人の情報はあまり外に漏らしたりしないからねぇ」

つまりその関係で何か疑いを持っているということではないらしい。ただ私がものを知らないということを暴露し墓穴を掘っただけだ。恥ずかしい。

相手のペースで話していると、余計なことを話してしまいそうだ。ここらで一つ話題を変えてみた方がいいだろう。

「……ユーリは、どうなりました？　こちらで生活していけそうですか？」

「ああ、皆がいるときに話した方が手間でないかと思っていたんだけれどね。こちらの孤児院で預かってもらうことになったよ。彼の身の上についてもなんとなく可能性のありそうなものが見つかったのだけど……、これは確信のある話じゃないからその辺りは伝えないでおこうかな」

探るなという牽制だろうか。【神聖国レジオン】は北方だけでなく、南方大陸とも多くの国境を持つ国だ。私のような冒険者が探りを入れたところで、何も良いことはないだろう。ただその背景が、あの赤ん坊に嫌な未来をもたらさないことを祈るばかりである。

「その孤児院であれば、彼は普通に育っていけそう、ということでしょうか？」

「うん、今のところそう思っているよ」

「わかりました、ではお任せします。私に何かできるとも思えませんが、以前お伝えしたときと気持ちは変わりません。彼のためにできることがあれば声をかけていただければ嬉しく思います」

「もしそんなことがあればお願いするよ。君たちに力があるのは今回の旅で十分わかったからね」

コーディは店員を呼んで飲み物を頼みながらそう答えた。

自分のターンだと思っていたレオは、またこのパターンかとひどく機嫌が悪そうだ。明日はお詫びをしなければいけない。こういう大人しい子にこそ我慢を強いてはいけないような気がする。

「うん、ところで……、マルチナさんの考古学の話は楽しかったかい？」

「………そうですね、興味深かったです」

たっぷり悩んでから、私は諦めてそう答えた。ダメだこれは。どんなやり方かわからないけれど、コーディは私たちが話した内容について確信を持っている。というより、その話関連のことで、わざわざここで私たちが来るのを待っていたのだろう。隠すことに意味はない。

「君はどう思ったかな、破壊者と人族の関係について」

少し身を乗り出して、小声で尋ねてくる。この話は、あまり人に聞かせるような話ではないということなのだろう。

「その質問に答える前に、一つ。私は彼女にオラクル教における正しい知識も同時に教わりましたから。彼女に妙な嫌疑をかけるようなことはしないでください」

「うん、まあ、それについては割とどうでもよろしい。そんなことはしないと約束するよ」

容易《たやす》く約束してくれたということは、コーディの目的は教師の締めあげ、とかではないのだろう。まだ何がしたいのか見えてこない。

「別に……変な思想を押し付けられたりはしていませんよ。その上で、まぁ、言葉が通じるというのであれば、過去に共栄していた可能性はあるのではないかと思いました」

「なるほど、今は？」

「私はまだ破壊者に出会ったことがないのでなんとも。それを聞いてどうしようというのですか？」

コーディは私の質問に答えずに、レオを見た。

「レオ君、今日のところはもう帰らないかい？」

私ですらわかる物言いだった。こっから先は君には聞かせられないという、ほぼ直接的な牽制だ。

レオは不機嫌そうな表情を崩すことなくコーディを見てから、無言で立ち上がった。

「……僕が先にハルカさんと話をする約束をしていたんですけど」

「ごめんね、何らかの方法で埋め合わせはするよ」

「……じゃあ、帰ります。ハルカさん、明日こそ一緒に出かけましょう」

「はい、約束です」

とても物分かりのいい子だ。よほど気分は悪いだろうに、コーディが相手だからこそ従ったのだろう。そこには多分、学院の卒業試験のことやら、国での事情なんかまで含まれているに違いない。

コーディだって、物分かりのいいレオが相手でなければ、あんな言い方はしなかっただろう。

「さて……。モンタナ君はどうしようかな」

「……私に秘密の話をしても、必要ならば仲間には話しますよ」

「うーん、ま、いいか。じゃ、秘密の話をするよ」

コーディは悪戯っぽく笑い、自分の唇の前に一本指を立てた。先ほどまでの作ったような笑い方とは少し違う。もしかしたらこの子供のような仕草こそがコーディの本質なのかもしれない。

「実のところ私はね、最新の考古学研究で分かってきたことの方が、オラクル教で教えていることより事実に近いと思っているんだよ。表向きはそんなことは言えないけどね」

私たちの表情を観察しながら、コーディは静かに続ける。

「だから、変に広まってしまった今回の噂は、こっそりと収束させてしまいたかったんだ。新しい考えをつぶされる前に。予想以上に素早く事態を収拾してくれて助かったよ。ありがとう」

「……なるほど、どうして私にそれを話す気になったんですか？」

「それはほら、これまでの積み重ねだよ。ハルカさんが迂闊《うかつ》にそういう話を漏らす人とも思えなかったのが一つ。ま、信用したと思ってくれたらいい。それから、この先の成長を見込んでというのが一つ。若くて柔軟な発想力を持つ冒険者と手を組みたかった。半ば博打《ばくち》みたいなものだけどさ、裏切られても部外者相手なら何とかなるし」

「……最後本音ですね？」

「最後だけじゃないよ。私は君たちのパーティがこれからもっともっと有名になっていくと見込んだんだ。どうかな、ここらで共犯関係になっておくのは」

今までと違い目元までほころばせて少年のように笑うコーディに、私は笑顔を返せなかった。つまりこれまではずっとテストされ続けていたということである。渋い表情にもなる。

「そんなに嫌そうな顔をしないでほしいね。これでも私はいろいろと顔が利いて役に立つし、きっとこれからもいい依頼を回せるよ。ユーリ君のこともあるし、悪い話じゃないだろう？」

「……確かにそうかもしれませんけど」

「やな感じです」

「ごめんってば。今後は試したりしないからさ。私にも私の立場があって、協力者を得られる機会は貴重なんだ。少しくらい慎重な方が、手を組む相手としては心配がないだろう？」

具体的にコーディがどういった立場で、どれくらいの権力を持っているのかはわからない。しかし、かなり自由に動き回っているところを見ると、決してその権限は少なくないはずだ。基本的に【神聖国レジオン】に定住していない私たちは、何かあっても巻き込まれる可能性は低いだろう。落ち着いて考えてみればデメリットは少ない気がする。

「まぁ、仲間に迷惑が掛からない範囲であれば」

「うん、それじゃよろしく頼むよ。で、さっそく頼み事なんだけども……、もし旅をする中で話が通じそうな破壊者と出会うようなことがあったら教えてもらえないかな。紹介してもらえればなお嬉しい。ああ、もちろん安全が第一だから、無理にとは言わないよ」

「それは、また、なんでですか？」

「……交易をするのなら、相手は多い方がいいだろう？　分かり合える相手ならば、隣人を愛せよ、さ」

私に『強者の理論』とやらを説いていた人と同一人物とは思えない発言だ。あの言葉は目的を悟られないためのブラフだったのだろうか。深く考え込んだ自分が馬鹿みたいである。

しかし、まぁ、危険が伴わない話ならば手を貸すのもやぶさかではない。

マルチナの話を思い出してみれば、明らかにやばい橋なのだが、その橋の先頭を渡っているのはコーディである。仕事として、協力者として、頭の片隅に置いておくことは悪いことではないだろう。

「まぁ、もし本当にそんな破壊者がいるのなら、ですね。あまり期待はしないでください」

「うん、断られなくてよかった。その返事だけで十分さ」

いつからこのことを計画していたのか定かでないが、結局コーディの思った通りに事が進んでしまったようだ。見事としか言いようがないけれど、キツネにつままれたような気分である。

だというのに、なんというかそんなに悪い気がしないのが不思議だった。

こんな風にトラブルに巻き込まれる毎日は、会社に通っていただけの日々よりも、よっぽど人間らしく生きているという実感がある。

「お、ハルカ、先に戻ってたんだな」

「ただいまー！　早いね」

宿の入口で私を見つけたアルベルトが声を上げ、次いで入ってきたコリンが手を振っている。

一日中外にいたというのに実に元気だ。まぁ、旅をしてきた日々を思えば、遊んでいるくらいでは疲れないのだろう。

「さっきの件についてなんだけど、彼らには好きなタイミングで話すといいよ。……まあ、アルベルト君に話すときは少し慎重にお願いしたいけれど」

「そうですね……。国を出た頃にでも話すことにします」

そんな大人の会話がまるでなかったかのように、近寄ってきたアルベルトたちを、コーディは腕を広げて歓迎した。

「依頼が上手くいったようだからね、今日は私が奢《おご》ってあげよう」

「やったやった、ありがとうございまーす」

こういう話で一番喜ぶのはコリンだ。なんというか、しっかりしている。

「なあ、これ頼んでもいいか？」

「ああ、いいとも」

高そうな肉を指して真面目な顔をするアルベルトへ、コーディは笑いながら許可を出した。もしかしたら先行投資、くらいに思っているのかもしれない。

なんにしてもこれで、この国をいつ出てもいい状態になった。大きな肉に食らいつくアルベルトを眺めながら、私は帰りの道筋を頭の中に思い描いていた。

十四、ルート選択と貴族の依頼人

それから数日経ったある日、私たちは冒険者ギルドのテーブルいっぱいに地図を広げていた。仲間たちと一緒にそれを覗き込んで、ああでもないこうでもないと相談をする。

広げた地図は、北方大陸の南側を大きく描いたものだ。冒険者ギルドから発行されているもので、各ルートの現在わかっている危険などについても記されており、結構値が張る。

一度購入した後は情報を仕入れながら自分で加筆して使うものだが、しばらく使っているとごちゃついてしまうので、新たに購入し直す必要があった。街の位置くらいしか書かれていない白地図も売っているのだが、情報量を考えればきちんとしたものを買う方が得だ。

ここに来るまでの道中計画はコーディたちに丸投げしていたので、地図の購入は今回が初めてだった。

本来の護衛任務は、ルートの選択や物資の補充計画も含められることが多い。コーディとの旅は本当に護衛だけに集中させてもらえる、初心者向けの良い旅だったと言えるだろう。実に得難い経験だ。

平面の図を眺めている限りであれば、アルベルトもコリンも方向音痴ぶりを発揮しないようで、まともなルート選択を提案してくれる。だというのに、実際歩き出して右とか左とか、北とか南とか言われると、あっという間に迷子になってしまうのが不思議である。

経路は主に三通り。

一番楽なのが、来た道を辿《たど》っていくルートだ。これなら物資の補充もできるし、迷う心配も少ない。

二つ目のルートは山を迂回《うかい》し、北の【ディセント王国】内を進むものだ。こちらは山が少ないが、その分距離が長くなる。また、王国内の情報がないので、旅に適しているのかが分からない。

三つ目は南にそれて、【ドットハルト公国】内を通過するルートだ。街の数はやや少なく、距離も一つ目のルートとさほど変わらない。途中で首都〈シュベート〉へ立ち寄ることができるところがメリットだろうか。国境付近には険しい山道が多いので、多少苦労しそうだ。

各ルートの情報が出揃《でそろ》ったところで皆が腕を組んで悩み始めた。無難に進むのなら、来た道を戻るべきだ。しかし、冒険者として活動しているのならば、経験は積めるときに積むべきだという考え方もある。

ルートがずれないように、地図上に薄く帰り道のルートを示す線を引いていく。息を止めて三本の線を引き終わって顔を上げると、アルベルトが三つ目の線を指さした。

「俺は【ドットハルト公国】を通りたい。年が明けて暫《しばら》くすると首都で武闘祭ってのがあるらしいんだよ、それがみたい、出れるなら出てみたい」

「あ、私も見たい！　有名なのよ、武闘祭」

「武闘祭、ですか……。それはどこで？」

「首都の〈シュベート〉です。今からなら、ゆっくり行っても間に合うですけど……」

モンタナが最後に珍しく言いよどんだ。悩むように下を向いていていて、耳や尻尾がぱたぱたとせわしなく動いている。

心配になって声をかけようとした瞬間に、聞きなれない声の横やりが入った。

「君たち、シュベートへ向かうのであれば、頼みたいことがあるのだが」

声の主の方を向くと、そこには首にスカーフなんかをまいた、貴族っぽい立派な衣装をまとった優男が立っていた。年齢は恐らく十代後半から二十代前半。男は注目を集めると、目にかかるくらいの長さの髪を、手の甲を使い、きざな仕草で後ろへ流した。

「実は私もこれからシュベートへ帰らなくてはいけなくてね。君たちは冒険者だろう？　護衛の依頼をできないかと思ってさ」

「お、ちょうどいいじゃんか！」

なんというか、ちょっと胡散臭《うさんくさ》いが、帰り道ついでに依頼をこなせるというのなら悪い話ではない。アルベルトが喜んでいるのを横目に、私はもう一度モンタナの様子を確認した。気づいたモンタナと目が合い、私は小声で問いかける。

「大丈夫ですか？」

「大丈夫です。依頼が入るならシュベートに行くですよ」

「何か言いたいことがあったのでは？」

「大した話じゃないです。武闘祭の時期なら、父たちが来てるかも、と思っただけです」

そう言って黙りこんでしまったモンタナに、それ以上食い下がることはできなかった。

自らドワーフの息子だと誇らしげに名乗っていたモンタナが、親と不仲であるようには思えない。しかしどうしたことなのか、今のモンタナは明らかに元気がない。

行き先が決まってからは、耳はペタンとして、尻尾も垂れ下がっている。

いつも助けてもらっている身としては、何とかして力になりたいところだが、本人に大丈夫と言われてしまうと、その先への踏み込み方が分からない。

その時隣で、パンッと手を叩く音がする。

「ハルカさん程の冒険者になると、依頼は向こうから舞い込んでくるんですね！」

私がどれほどのものかはともかくとして、いつもこんな調子なわけではない。偉くよいしょしてくれるこの声は、ここ数日ずっと付き纏《まと》ってくれているサラだった。この世界では、女性のストーカーが多いのだろうか。思わず〈オランズ〉の街の一級冒険者の顔を思い浮かべてしまった。

もはやいるのが当たり前のような顔をしているが、当然だが旅に連れていくことはできない。果たして彼女がそれを理解しているのか、甚だ心配である。

ニコニコとしているサラを見て考え込んでいると、咳払いが聞こえてきて私は男の方へ意識を戻した。

「私の名前はギーツ＝フーバー。【ドットハルト公国】で男爵位を持つフーバー家の嫡男さ。さ、冒険者諸君の名前も教えてくれたまえ」

この世界に王国やら公国やらがある以上、貴族制があることは知っていたが、知り合うのは初めてだ。想像していたよりフレンドリーで、なんというか、偉そうではない。

私たちの自己紹介を聞く態度も、悪いものではない。

ギーツは隣の席から椅子を持ってくると、私たちと同じ席について事情を語る。

「私は今年でこのオラクル総合学園を卒業することになっているんだ。四年で卒業するのだから、まぁ、そこそこ優秀なのさ。父上にね、卒業前に婚約者との顔合わせも兼ねて、武闘祭へ顔を出すよう言われているのだよ。だからそれに間に合うように〈シュベート〉に到着したいというわけだ。いかがだろうか？」

私は手元の地図に目を落とす。〈オランズ〉から〈ヴィスタ〉までの行程から考えると、〈シュベート〉までかかるおおよその期間を割り出すことができる。山を越えるのに手間取ったとしても、十日と少しあれば余裕をもって〈シュベート〉に到着できるだろう。

「今日から数えて、何日くらいの猶予がありますか？」

「そうだな……十五日くらいだろうか。まあ開催日までにいればいいから、最長で二十日くらいを目安としたい」

まぁ、私たちが旅慣れていないことを差し置いても、何とかなるような日程だろう。ほかにもいくつか聞いておくべきことはある。私はそれを考えながら、順番にギーツへ質問を投げかけた。

「そうですか、ではギーツさんは旅に慣れていますか？」

「……も、もちろんだとも。栄えある【ドットハルト公国】の貴族たるもの、野営や旅ができないはずがなかろう？」

「そうなのですか、失礼しました。では戦闘はいかがでしょうか？」

ちなみに私は人間相手の戦闘は自信がない。できれば、盗賊なんかは出てきてほしくないと願っていた。これを聞いた理由は、旅の間のトラブルで、どれくらいギーツを守ったらいいのか参考にしたいからだ。それによっては依頼料が変わる。

「当然……、当然だな。フーバー家は【ドットハルト公国】に連なる武門の家柄だ。戦う術を持たぬものなどいるはずがない。そういった質問はだな、我が国の貴族にとって無礼に当たる。気をつけた方がいい」

「それは大変失礼いたしました。ギーツさんの安全は最優先としますけれど、何かあった時のために確認をしておきたかったものですから。以後気をつけるようにします」

口ごもる様子や、不自然に強気に出てくる態度。なんだか怪しいけれど、逆にコーディと話している時のような緊張感はない。お客様であるし、返答をまるっきり信じることはせずに、それなりの準備をしておけばいいだろう。少なくとも自分で旅をして帰ろうというのだから、まるで心得がないとは思えない。そうでなければ、彼の親だって護衛と馬車の用意くらいするはずだ。

迎えをよこさないというのは恐らくギーツへの信頼の証なのだ。後継者である嫡男がそんなに雑な扱いをされるわけがない。

「では、依頼書を作成していただけますか？　依頼書の条件を確認してから、改めて受諾するか決めますので」

「今ここで受けると約束はしてもらえないかい？　依頼書を出したくない事情があるのだが……」

渋い表情を浮かべたギーツだったが、流石にそれはおかしな話だ。多少怪しくても、依頼書を通していればギルドの保証があるが、口約束ではそうはいかない。

自分の国に帰ってから契約を反故《ほご》にするつもりじゃないか、とか、何か良からぬことを企んでいるのではないかと疑ってしまう。

「……そういう話でしたら、依頼は受けかねます」

この場での話をすべて任せてくれている仲間のためにも、そんなお願いに頷くわけにはいかない。平静を装って断りを述べたが内心はドキドキだ。突然怒り出したりしないだろうか。

「いや、別に悪巧みをしているわけではないのだ。そうだな、怪しいよな。いや、断らないでくれ、ちゃんと依頼書を作成してくる。ただ、その、ちょっと変な条件をつけるかもしれないのだが、受け入れてもらえると嬉しい」

返事を聞く前に逃げるように受付へ走っていったギーツを見送る。その変な条件とやらが依頼書を出したくない理由なのだろうか。確認してみないことには何ともいえない。

仲間たちには何か心当たりがあるだろうか。視線を戻すと、コリンたちがキラキラした目で私の方を見つめていることに気が付いた。なんだろう、この変な雰囲気は。

「ハルカってさ、ああやってびしっと会話してるとかっこいいよねー」

「はい！　さすが、私の主人となる人です！」

「普段とぼけてるのにな。俺もさー言ってみたいぜ。ビシッと指を突き付けてさ、その依頼は受けかねますって」

私はサラの主人でもないし、普段からとぼけてなんかいないし、先ほどの会話の中で指を突き付けてもいない。

それはそうとして、褒められているのだと理解してなんだか顔が熱くなってきた。今のこの顔のこととかではなく、多分私の態度を褒められているのだ。意識してやったわけではなかったから、余計に恥ずかしい。

手で顔をあおいで知らないふりをしていると、静かにしていたモンタナが口を開いた。

「あの人ですけど……、このテーブルに座った頃からこっちの様子窺ってたですよ」

「行き先が聞こえたからじゃなくてか？」

「なくてです。というか、良く知らない人に、こんな風に依頼ださないです、普通」

とんとん拍子に話が進んだものだから、細かなところまで気にしていなかったが、一度止まって確認してみれば確かにその通りだ。会話の隅から隅までちょっと怪しかったせいで、そこまで気がまわらなかった。

「どうするー？　調べてみる？」

「直接聞いた方が早いんじゃね？」

「確かに、あの人どうしても依頼を受けてほしそうでしたからね。聞いたら案外教えてくれるかもしれません」

まあ、自ら貴族を名乗っておいて酷い詐欺行為を働くとは思えない。いや、逆にそうして安心させておいて悪いことをするのだろうか。なんにしても結論を出すためには、まず本人の話を聞いてみる必要があるだろう。

「これが依頼書だ。不備はないと思う」

ギーツが持ってきた依頼書は、確かに不備も記載漏れもなかった。一から十まで受付の人と一緒に作っていたようなので、不備がある方が問題だ。

依頼料は四〜五級の冒険者への適正よりやや高い。この額を提示してくるということは、やはり私たちのランクは恐らく把握されている。

問題があるとすれば、先ほど本人の言っていた、ちょっと変な条件とやらだ。

『ドットハルト公国に入ってから、ギーツの護衛をしたということを他人に話さない。もし尋ねられた場合、途中で出会ってたまたま同行しただけだと答えること』

これがギーツの提示した変な条件である。正直なところ、なぜそんな条件を付けてきたのか、理由が分からない。

「……この条件の理由をお伺いしてもよろしいですか？」

「……話さないと受けてもらえないかい？　誓って君たちに不利益を被らせるためのものでは

ないんだ」

できれば話したくないのだろう。ギーツはなんだか情けない表情を浮かべている。大人の男がそんな表情を浮かべているのに聞いていいものか悩んでしまう。

「どうしますか?」

「私は別にいいよー。依頼料も高めだし、ギルドにはちゃんと依頼達成の報告が行くわけでしょ?」

「俺も〈シュベート〉に行くついでの依頼だし別にいいぜ」

「僕もいいです。秘密にしたいことは誰でもあるですから」

緊張の面持ちで待っているギーツに、更に負担をかけるようで悪いが、朗報を伝える前にもう一つだけ質問しておく必要がある。先ほどの、なぜ私たちのことを知っているかという質問だ。

「条件に関しては結構です。ただ最後に一つ質問をいいでしょうか?」

ギーツがごくりとつばを飲み込んだのが見えた。隠し事ができないタイプなのかもしれない。人のことは言えないが、貴族としてはそれで大丈夫なのだろうかと心配になる。

「あなた、私たちのことをあらかじめ知っていましたよね?」

「ど、どうしてそう思うのだ」

「まず実力もはっきりしないような私たちに依頼してくるのがおかしいです。ランクを知らないはずなのに適切な依頼料を提示してきましたし、そもそも依頼の期限も迫っています。不自然なことが多すぎました」

「…………とある人から紹介を受けたのだ。できるだけ紹介されたことを言わないで、依頼を頼むという条件だった。だから、そうだ、知っていた。だが、誰に紹介されたかまでは言えないぞ！」

そんなことは言わなくても、こういう手回しをしてくる知り合いは、私たちには一人しかいない。何のつもりかわからないが、それだったら別に警戒する必要もなさそうだ。

「こ、これは約束だから本当に言えないからな！」

私がある人物の顔を想像して黙っていると、ギーツが念をおしてきた。私としてもこれ以上聞く気はない。

「わかりました。それでは依頼を受けましょう」

「すまない、助かる」

「いえいえ、それでは計画を立てますので、明日またこのくらいの時間に、ここでお会いできますか？」

「もちろんだとも。それではまた明日ここで会おう。……依頼を受けてもらえてホッとした」

ギーツは穏やかな表情で、立ち上がると、そのままギルドの外へ出て行った。最後の言葉は思わず漏れだしたような呟きであったので、恐らく本当に困っていたのだろう。

多少怪しい依頼人ではあるが、あれだけ喜んでくれるのであれば引き受ける甲斐もあるというものだ。

十五、確認とお別れ

依頼を受諾した翌日、大まかな旅程を決めた私たちは、ギーツと一緒にその確認をした。高い地図に書き込みをしすぎるのは少し気がひけたが、なにぶん慣れていない旅の計画だ。けちって途中でわからなくなっては困る。

地図に進行ルートを記し、もしもの場合の控えのルートにもいくつか薄く線を引いていく。南北にズレた場合の補給ポイントなども確認し、ギーツからの承認も得たものの、私の中の不安はぬぐえない。

なにせ仲間三人と依頼人一人の命を預かっているのだから、慎重にもなるというものだ。

朝のうちに残しておいた伝言を確認してくれたのか、宿に戻るとコーディが優雅にお茶を啜って待っていた。

元の世界と違って時計や携帯電話が存在しないので、仕事をする人たちも時間はある程度自由が利くようで、こうしてのんびりしていても怒られたりはしないのだそうだ。そもそも部署の一番偉い人は私だから関係ないけどね、というのがコーディの言葉ではあったが。

私もそんな環境で働いてみたかったものだが、時間に余裕があったところで人間関係が希薄だった私では、そんな環境も持て余していたかもしれない。

どうもこちらにきて、人との関係を構築するほどに、日本にいた頃の自分の生活が薄ぼんやりとしたものに感じてしまう。

それはある意味でこちらでの生活が充実しているともいえるのだろうから、悪いことばかりではないのだけれど。

「おや、戻ったんだね」

私の中の推定黒幕が指の先で椅子を指し示し、私に座るように促す。従業員を呼んで私の分の飲み物と軽食を注文するのも、もはや手慣れたものだ。

「いやぁ、もう少しこの街にいるのだと思っていたけれど、冒険者というのは慌ただしいね。仲間内では私もそう言われる方なのだけれど」

「急な話で申し訳ありません。……それから、依頼を用意してくださったようでありがとうございます」

「依頼？」

とぼけられると自信はなくなるが、私にはほかに心当たりの人物がいない。ここではっきりさせておかないと、後々気持ちが悪い。

「はい。〈シュベート〉までの護衛依頼です」

「ふむ。彼が話したのかな？」

「いえ、何者かに紹介を受けたとだけ」

「そうか。うーん、次代のフーバー卿《きょう》との付き合いは、ちょっと考えた方がいいかもしれないね。

ま、あれは他意のないちょっとした贈り物だよ。大した労力も払っていない。となると、出発は明日かな？」

「ええ、そうする予定です。必要なものは今仲間たちが買ってくれています。ところで、旅立つ前に相談があるのですが、聞いていただけますか？」

「構わないとも。余計な心配もかけたようだし、なんなりとだ。何より君たちとは仲良くやっていきたいと思っているからね」

両手を広げて穏やかな笑みを見せるコーディは、本当に言葉通りに思ってくれているように見える。もしかしたら敏腕外交官の巧みな交渉術なのかもしれないが、最初に会った時よりも明らかにリラックスしているのが私でもわかった。もしかしたら今回の依頼の黒幕を見破るのも、彼の与えた試験の一つだったのかもしれない。気が抜けないのでそろそろ勘弁してほしいものだ。

私は横に置いた荷物の中から、大判の地図を取り出し、テーブルの上に広げた。今日話し合いに使ったもので、予定が詳細に書き込まれている。

「明日以降私たちが辿る予定の道を記してあります。旅に慣れているコーディさんの目から見て、何か問題はありませんか？」

「どうかな、ちょっと見てみよう」

コーディは飲み物と軽食を横に避けると、少しだけ身を乗り出して宙に浮かせた指を動かす。ゆっくりと動くその指は、私の書いた線の上をなぞっていた。時折指が止まるのは、難所とされる場所や、危険があるとされる場所だ。書き込みを確認してから、指はまたゆっくりと進んでいく。

真面目な顔をしてルートを見るコーディを、私は緊張しながら見守った。作り上げたレポートを教授に提出した時のような気分だ。

「うん、いいんじゃないかな。玄人が作ったものと遜色がないように思えるよ」

手放しの褒め言葉が嬉しい。表情が僅かに緩むのが抑えきれなかった。それと同時に、自分のチーム内での役割を一つ果たせたとほっとする。

「本当に大したものだ。かなり努力したんじゃないのかい？　書き方がお手本通りだ」

「旅に出る前に本で勉強はしました」

「なるほど、今後もこんな感じで準備しておけば問題ないよ。情報が少ない時は、補給地点に立ち寄るたびに念入りに情報収集をして予定の修正をするといい。期限が設けられていない限りは戻って遠回りしても安全を優先するべきだ。……とは言っても君たちは冒険者だから押し通るという選択肢もあると思うけどね」

「わかりました、忠告感謝します。お墨付きをいただけて安心しました」

「いやいや、役に立ててよかったよ」

私が地図をしまうと、飲み物と軽食をテーブルの中央に戻しながらコーディは話を続けた。

「ところでー……、君たちの基本的な拠点は〈オランズ〉でいいのかな？」

「ええ、そうなると思います」

「それじゃあ、ユーリ君の件で何かあったらオランズの冒険者ギルドに連絡がいくようにしておこう。旅をすると結構かかるけれど、手紙だけでよければ五日くらいで着くからね。もしそちらから何か用事があるときは、神聖国レジオンのオラクル教会、私宛に連絡をしてくれればいい。とは言っても私もあちこちを飛び回っている身だから、必ずしもすぐに確認できるとはかぎらないけれどね。それはお互い様ということで」

「わかりました、ではその様にいたします」

「よし、じゃあこれからもよろしく頼むよ」

コーディから手が差し出される。

改めてこんな話をしていると、やり手で優秀なコーディから認められたような気がして、少しうれしくなってしまう。私は差し出された手をしっかりと握り返した。

「こちらこそ、今後ともどうぞよろしくお願いいたします」

数度ゆすってからその手は離されて、コーディが立ち上がる。

「私はもう少し仕事が残っているから一度抜けるけど、今夜はお別れ会といこう。ここで待っていればそのうちあの双子や時間の空いた騎士たちがくることになっている」

「……やっぱり、明日出発することを知っていたんですね」

知っていなければ準備なんかできないはずだ。私が尋ねようが尋ねまいが、依頼者の件は話すつもりでいたのかもしれない。コーディは肩をすくめて笑う。

「私も仕事が終わったらまたくるさ。……ああ、お代は気にしないで好きに飲み食いしていいからね。それじゃ、また後で」

「ありがとうございます、何から何まで」

結局この遠征は、はじめから別れる今日までずっと、コーディの掌《てのひら》の上で踊っているような形になった。実年齢で言えば変わらないくらいだというのに、経験でこうも差が出るものか。

少し悔しいような気持ちもあったが、ここまで振り回されるともうどうでもよくなってくる。

今回は完敗だ。

いつかそのうち、コーディに参ったと言わせられるような冒険者になれるよう頑張ることにしよう。


好きなものを食べ、騎士たちは大いに飲み、早いものは酔いつぶれ始めた。

私たちは当然のように飲酒は控えている。

「明日出発だから」と周りに話しているが、実際はコリンにきつく言われているからだ。

私としても、前回のような情けない姿を見られたくないので、乞われても飲む気はない。

アルベルトは眠りこけたあげくに吐きまくるし、モンタナはテーブルに溶けるし、私はなんだかよくわからない状態になる。あまり思い出したくなかった。

夜も遅くなってくると、酒を飲んでいなくても満腹感から眠気はやってくる。アルベルトとコリンがうとうとし始めたので、そろそろお開きだろう。

「では、そろそろ解散かな。子供は眠る時間だしね」

すでに眠りかけている三人。うちの幼馴染組とテオを見て、コーディは笑った。いつの間にやらテオも、テーブルに頬をつけて静かに寝息を立てていた。このまま放っておくと、目が覚めたときには右の頬が木目調だ。

「確かに、帰った方がいいかな……」

テオの様子に気付いたレオが、しょぼしょぼとした目をこすりながら呟いた。いくらしっかりしているとはいえ、レオもまだ十三歳だ。眠気には勝てないらしい。

そんなレオは眠気覚ましなのか水をグイッと飲んで立ち上がると、私の方へ歩いてきた。眠りこけている騎士の一人に躓《つまず》いて、それを睨んでから、椅子を寄せて私の近くに座る。

「ハルカさん、僕、この間まで将来どうしようとか、何も決めてなかったんだよね」

私は黙ってレオの話を聞いて頷いた。こんなタイミングで言うのだから、きっと彼にとって大切な話なのだろう。そんな機会が来るとは思っていなかったが、子供が真面目に話をしたときは、私は絶対にちゃんと聞いてやるのだと昔から決めていた。

「今はまだ、先生たちより魔法はできないけど、きっとあの人くらいの年齢になるころには、僕は誰よりも上手に魔法が使えるようになっているんだと思ってたんだ。だから目標とかもあんまりなかったし、なんか、適当に教師でもしようかなって」

「それも、立派な志ではありますね」

「うん、そうなのかも。でもさ、やっぱりやめた。もうちょっと学園で勉強したら、外に出てみる。今のまま普通に暮らしてたら、ハルカさんみたいに気持ち悪い魔法の使い方ができそうにないから」

「気持ち悪いって……、言い方が悪くないですか?」

眠気のせいか、本音で話しているのか、レオの言葉はいつもより砕けている。気持ち悪いという言葉選びも、私に心を許してくれているからこそだと思えば、最初の頃のように嫌な気持ちはしなかった。

レオは小さく声を出して笑ってから、穏やかに続ける。

「だから……、冒険者になるか、嫌だけどコーディさんのいる部署にでも入ってみようかなって思ってる。……テオは、冒険者になりたがってるみたいだけどね」

「わざわざ嫌だけどとか言う必要ないと思うんだけどなぁ……。まぁ、貴重な戦力が増える可能性ができたと喜んでおくべきか」

反対側からコーディのぼやくような小さな声が聞こえてくる。レオの言葉を邪魔しまいという気遣いだろう。

一方レオは、眠っているテオに向けて優しい視線を向けている。二人の仲の良さは、良く知っている。しかし、いつか道が分かれることだってあるだろう。それについてレオがどう思っているのかはわからないが、否定的に捉えてはいないようだ。

会うたびにアルベルトとわーぎゃーと話していたテオは、確かに冒険者に憧れている節があった。冒険譚《たん》を聞くたびに驚いたり笑ったり憤ったり、とても感受性豊かで、行動的な子なのだということが分かる。

「僕もテオも、競い合う相手とか、目指すものとか、そういうのなかったから。この間の遠征について良かったって思ってる。……友達もできたし」

「……そうですか、そう思ってくれてるなら私も嬉しいです。あなたたちに失望されないように、私も魔法の腕を磨くことにしましょう」

「うん、次に会うときはもうちょっと理論立てて魔法を使うようになっててよね。じゃないと参考にしづらいんだから」

「わかりました……、約束はできませんけど、努力します」

「何それ、ホントハルカさんの魔法っていい加減だからなぁ……」

レオは下を向いて笑い、それから顔を上げずに、動きを止めた。

唇を少しとがらせて、眉が八の字になっているのが見える。いざ別れが近づいてくると、それが寂しくなって、言葉に詰まってしまったのだろう。やっぱり子供だ。でも、その気持ちが私にもわかる。折角心が通じ合えたのに、別れるというのは寂しいものだ。

私はそっと手を伸ばして、レオの頭をなでようとしてやめた。

プライドの高い彼にそれをするのはなんだか違う気がしたからだ。

「レオ、次に会うときは、お互いもっといろんな魔法を使えるようになっておきましょう。それで、また私に魔法の講義をしてください。私の魔法は独学で、いい加減な気持ちの悪いものですからね」

私もまたレオから学んだことがあった。だったら今やることはきっとこれだ。

「握手をしましょう。きっとまた次会ったときに魔法の話をする約束です。友達との約束です。

忘れないでくださいね」

レオは顔を上げないまま、私の手を両手で握った。その手はまだ小さく、女性の体である私のものよりももっと華奢《きゃしゃ》だ。あと数年もすればきっとその手はもっと大きく、大人の男性のものになっていくのだろうけれど、今はまだ子供のそれだった。

顔をあげないことを責めたりはしない。

「うん。ハルカさんも忘れないでね。そっちの仲間はモンタナ以外の二人が変な奴らだから、怪我とかしないように気を付けて」

「二人ともいい子たちですし、頼りになる仲間ですよ?」

「……いい奴らなのは知ってる。じゃあ、本当にみんな元気でね」

手を離し振り返ったレオに、モンタナが駆け寄って、とんとんとその肩をたたく。今は振り返れないのだろう。少し震えた声だけが返ってきていた。

モンタナが正面に回り込んで何かを渡していたようだが、私からはそれが見えない。

それからほんの少し言葉を交わし、レオは手に持ったものをハンカチに包んで、そっとポケットにしまった。

「さて、そろそろ本当にお暇《いとま》しようかな」

いつの間にかテオを背負ったコーディが、私たちに声をかける。隣に並んだレオは前髪で目元を隠したまま俯《うつむ》いていた。

「明日は早いんだろう、彼の言ったとおり、また元気で会えることを楽しみにしているよ。ユーリ君のことは任せておいてね」

「はい、又そのうち会いましょう。コーディさんもお元気で」

お互いに軽く一礼して、それを最後の挨拶にコーディが宿の外へ歩き出す。

「そいつらが寝坊しないようにだけ気を付けて。……またね」

それを追いかけるようにレオが小走りで宿から出ていく。最後にほんの少し上げたときに見えた目は、少し赤く充血していたが、口元には笑みがたたえられていた。

はじめての遠征は思いのほか順調に、実りの多いものとなった。

いつかまた、あの双子と再会できる日を楽しみにしながら、私はすっかり眠りに落ちてしまったアルベルトとコリンの体を揺さぶる。

何か文句を言いながらそのまま寝ようとするので、私は起こすことを諦めて、左右の腕に二人を抱え込んだ。

ああ、冒険者になってよかった。彼らと旅に出てよかった。

途中からぴょんと背中に飛び乗ってきたモンタナの体温を感じながら、私はのんびりと部屋まで歩く。

すれ違った人がぎょっとした表情で私の方を見たが、実に充実した気分の私は、そんなことをもあまり気にならないのであった。

十六、いざ出発

「おはようございます！」

朝、出発の準備を終えて宿の前にでると、元気な挨拶が聞こえてきた。思わず頭を抱えそうになったのを額に手を当てることでかろうじて堪《こら》える。

身の丈に合わない大きな背負い袋に、帽子をかぶり、準備万端で待っていたのはサラだった。

昨日の夜、やけにすんなり帰るなとは思っていたが、どうやら今朝一緒に出掛けるために備えていたということだったらしい。そういえばしっかりと出発時間などは確認していたように思う。

「あーっと、じゃ！　私たちは先に冒険者ギルドに行ってるねー」

めんどくさそうな気配を察したコリンが、早々に冒険者ギルドへ足を向けると、他の二人もそれについていく。逃げられた、ずるい。

ちらっと後ろを振り返ったモンタナが、口をパクパクと動かして手をぐっと握る。多分「頑張るですよ」とか言っているのだろう。応援はありがたいが、完全に他人事《ひとごと》だ。

「私も一緒に連れていってください」

真剣な顔をして私を見上げる少女。なぜこんなに懐かれたのか、そしてなぜこんなにも一生懸命なのか。

しかしいくら熱心に準備してくれていても、まだ十三歳の子供を、親の許諾もなく命の危険がある冒険に連れていけるわけがなかった。どう説明したらこの子が傷つかずに納得をしてくれるのだろうか。

「……なんでついてきたいのですか？」

「あなたのしもべになると約束しました」

「口約束ですし、それに勝者の私が必要ありませんと言っています。人生を棒に振るほどの約束ではないでしょう？」

「それでも、約束です！」

頑なに言い張るサラだったが、本当にそれだけなのだろうか。

数日を一緒に過ごしてきた限り、彼女には正義感にあふれた優等生というイメージを持っている。融通が利かないわけでもなく、仲間内では慕われているように見えた。意味もなく聞き分けのないことを言うタイプではない。

私がするべきことは、恐らく彼女を煙《けむ》に巻いて説得することではない。本音を聞き出して、納得のいく提案をすることだ。

私はしゃがんでサラの顔を覗き込む。多分視線を合わせないとわからないことだってある。

「……何か理由があるんじゃありませんか？」

「……ありません」

「本当に？」

「………夢を、見ました」

サラが呟く。

「ハルカさんが森に囲まれた屋敷で暮らしていて、成長した私がその家に一緒にいました。黒髪の子供が慌てて家の扉を開けて入ってきて、何事かと思って外を見ると、地響きと共に巨大な竜が降りてきます。その竜が口を開けて、私が咄嗟《とっさ》に壁のような魔法を展開します。……そんな夢です」

「予知夢、ですかね」

「わかりません。でも、私このまま学園に進級しても、あんなに巨大な障壁魔法を咄嗟に張れるようになるとは思えません。何か、何かしないといけません」

「……そのためについてきたいと？」

「それだけじゃありませんが……」

まだ言っていないことはありそうだが、それが一つのきっかけになったのだろうということは分かった。何も考えずについて来ようとしているわけではないらしい。それがわかっただけでも収穫だろう。

「夢の中のあなたはいくつくらいなんですか？」

「多分、今のハルカさんくらいの年齢だと思います」

「では、そうですね……。三年、それくらいして、まだ旅に出る必要があると感じていたら、一緒に連れていってあげましょう。それからでもまだ猶予はあります。その頃には私ももっと魔法を使えるようになっているはずですし、効率よく強くなることができると思います。どうですか？」

サラは無言で下を向いたまま答えない。納得がいかないのだろう。これだけ準備してきたのだから当然だった。

「モンタナたちも私も、冒険者になったのはついこの間です。正直なところ、冒険者として生きていくのに不安がないと言えるほど立派なものではありません。それと……サラさんは今日、親の許可を取ってここに来たわけではないですよね？」

「…………とってないです」

「誘拐犯になるのは困りますね、納得してもらえませんか？　三年後の新年、ここにもう一度来ます。その時にまた一緒に考えませんか」

結局、私の都合を押し付けてしまったような形になっている。自分の口下手さにはうんざりするが、現状で彼女を連れて旅に出られるとは思えない。

がっかりさせていないだろうか。傷つけてはいないだろうか。無理に笑顔を作ってみたが、上手く笑えているだろうか。

「……わかりました。その時までにもっと役に立てるようになっておきます」

怒りでも諦めでもない返答に、なぜか私がホッとしてしまっていた。

その気持ちがずっと続くかどうかわからない。約束した日に私が迎えに来ても、もしかしたら彼女はこの街を離れないというかもしれない。約束なんか忘れていることだってあるだろう。

それでも、いま彼女の気持ちを無理やり捻《ね》じ曲げたりすることがなくてよかった。彼女が、強い人で良かったと、そう思っていた。

多くの言葉は交わさず二人並んで冒険者ギルドに向かう。ギルドの前ではすでに仲間たちがギーツと合流を果たしていた。

ギーツは身の丈に合わない大きさの背負い袋に、帽子をかぶり、大きな声で私に挨拶をする。デジャブだ。さっきどこかで見た。

「あ、やっと来たな。今日からよろしく頼むよ！」

大の男がふらつくほどの大荷物を背負って、どう長旅をするというのだろうか。繁華街を行くようなおしゃれで高そうな帽子をかぶって、歩き辛《づら》そうな新品の革靴を履いて、いったい何をしようというのだろうか。

サラと横に並べるとまるで親子のかたつむりだ。思わず出そうになったため息を、私はこっそりと呑み込む。おそらくこの貴族のお坊ちゃんが旅に慣れていないであろうことは、パーティ全員が一目で悟っていた。

〈高慢な依頼人〉

一、先行き不安

年の暮れになると北方大陸には、本格的な冬が訪れる。とはいえ、元々の降雨量が少ないせいか、平地を移動するのに困るほど雪が積もることは稀《まれ》だ。高い山を越えるとなると警戒する必要もあったが、幸いルート上にはそこまでの高山は存在しない。厳しい冬に旅の邪魔をされることはないだろう。

【神聖国レジオン】に入った頃は、まだ広葉樹の葉が色づきはじめたばかりであったが、ここ一週間ほどで、樹木も随分と寂しげになってきた。

寒さが厳しくなってきたものだから、私たちもそれなりの備えをして旅に臨んでいる。どうも私の着ているローブは、何らかの魔法的な効果を持っているらしく、羽織っていると寒さを感じない。恐らく相当値の張るものなのだが、ヴィーチェからの贈り物であるせいで、それを確認するのが恐ろしい。私以外の三人は〈ヴィスタ〉を出る前に、厚手のマントを購入した。羽織る時に何度か折り畳んで使うタイプのもので、水も弾くように加工されている。広げて端同士を結び、木の棒でピンと張れば、簡単なテントを作ることもできるものだ。多少値は張ったが、旅をする上では便利な代物だった。

さて、当然のことであるが、旅をする上では、荷物は最小限に絞った方がいい。

動物が引く車を使えるようなお金のかかった旅であれば、そんなことをいちいち気にする必要はない。ただ、私たちのような冒険者による、一般的な旅となると話は別だ。荷物が多いと嵩張《かさば》り、咄嗟《とっさ》の対応が難しくなる上、重量のせいで疲労するのも早くなる。

一つで、いくつもの役割をこなせるアイテムが重宝されるのは、そういった理由からだった。例えば食器は火にかけられるものしか持たないし、食料は乾燥させて重量を減らした、日持ちするものを用意している。

できるだけ軽装で、という観点から見た時、ギーツの準備はダメダメだった。明らかに必要のないものをたくさん持っているように見える。つまり、車を使うようなお金をかけた旅用の装備である。

絶対にそれに気づいているはずの仲間たちはというと、知らん顔をしている。

本人が旅慣れていると言った以上、こんなことにいちいち口は挟まないというスタンスなのだろう。

「ギーツさん、荷物が多くないですか？　いらないものが入ってませんか？」

「いや、そんなことはないが？」

仕方なく問いかけた私に、自信満々の否定が返ってきた。本当にそれでいいのだろうか。旅に出た後絶対に後悔すると思うのだけれど。

「馬とかいませんから、ずっとそれを背負って歩くことになりますが……大丈夫ですか？」

「ははは、そんな心配か。大丈夫だとも。私も武門の家柄、フーバー男爵家の嫡男だ。そんな心配は逆に失礼だぞ」

逆に注意されてしまった。私がおかしいのだろうか。

「……では、せめて靴だけは替えませんか？　新しい靴で旅をすると、足を痛めます」

「……使い古した靴ではあちらについた時に見窄《みすぼ》らしくはないかな？」

「どうせ旅をしている間に靴は傷みますから……。せめてそれを荷物にしまって、いつもの靴を履いてください」

「なるほど、それは名案だ。では靴を履き替えよう」

ギーツは背負い袋に括《くく》りつけられた靴を外し、履き替えようとしゃがんでバランスを崩す。背中の荷が重すぎるのだ。少し考えて、荷を地面に下ろしたギーツは、照れたように笑う。

「重いからね、いったん下ろすことにするよ」

語るに落ちるとはこのことだ。やはりこの背負い袋は重いらしかった。しかし忠告したのに直さないのだから仕方がない。鼻歌交じりに靴ひもを結ぶギーツをしり目に、こっそりよってきたコリンが、小さな声で話しかけてくる。

「あの荷物ねー、私もさっき注意したんだけどおんなじようなこと言われたの。もう仕方ないよねー。しばらくしたら気付くんじゃない？」

ただ突き放していたわけではなく、仲間たちもちゃんと注意をしてくれていたらしい。繰り返し言われて直さないのなら尚更《なおさら》処置無しだった。

機嫌よく靴を履き替えたギーツは、先ほどまで履いていた靴を背負い袋に引っ掛ける。隙間から一瞬土産物が見えた気がしたが、流石《さすが》に気のせいだと思いたい。

「よし、それでは出発しようじゃないか、諸君！」

元気よく先を歩き出したギーツに私は不安を隠しきれなかった。

「……で、では行ってきます。サラさんもお元気で」

「はい、その、気を付けてくださいね？」

珍しくまともな話をした後だったというのに、ギーツのことで心配が多すぎて、微妙な別れとなってしまった。それでも互いに憂いなく別れられるのは良いことだ。

私は早足に仲間を追いかける。一度だけ振り返って手を振ると、サラもまた、その場で笑って手を振ってくれていた。

二、疑念

出発直後は意気揚々と無駄話をしながら先頭を歩いていたギーツだったが、ほんの数時間後には顔も上げられなくなっていた。歩きながら水筒の水をがぶ飲みし、昼前には中身は空になっていた。

仕方なく休憩をはさんでみたけれども、このまま旅を続けられるのかという不安はぬぐえなかった。

せめて荷物を整理するように繰り返し声をかけたのだが、今のところ意地を張り続けている。皆はすっかり面倒くさがってギーツの相手をしなくなってしまった。

こっそりため息をついて立ち上がる。休憩は終わりだ。早めの休憩をとったので、ちょうど太陽が頭の真上にやってきたところである。

予定だと夕方くらいに農村の一つに到着できるはずだったが、間に合うだろうか。

少し遅れているので、到着するころにはもう暗くなっているかもしれない。到着できれば御の字だ。予定を崩している本人曰《いわ》く「頑張って歩く」そうなのでなんとかなると思いたい。

首都であるヴィスタが近いためか、まだまだ人とすれ違うことが多くある。

だいたいの場合はある程度の距離を保って頭を下げて軽く挨拶をする。変に近づくと盗賊と間違われて争いに発展しかねない。

いくら騎士たちが治安を守っているとはいえ、全ての犯罪を防げるわけではない。旅をするものは自分で自分の身を守る必要があった。

たまに車や馬に乗ったものが後ろから追い抜いていくこともある。身分の高いものや金のあるものは、こういった足の速いものをつかって犯罪に巻き込まれないようにしている。道を塞ぐように襲ってくる盗賊の場合なんかは、動物がいるとかえって逃げにくくなることもあるのだが、しっかりと取り締まられたレジオン国内においてはそれほど大規模な盗賊団はおらず、重宝されるらしい。

本来であればギーツも、専属の御付《おつ》きを雇い、車に乗って移動するような身分であるはずだ。今回なぜそうしていないのか、気になっていたのだが、歩くのだけに集中しているギーツはそれどころではなさそうだ。

ギーツは自ら宣言した通り、村に着くまでしっかりと歩き通した。最後の方は足を引きずっていたから、もしかしたら靴擦れを起こしているのかもしれない。

農村、と言ってもヴィスタに連なる大きな村だ。この村より先に進むと森林に入っていくことになるため、それに備えるための様々な店も構えられている。もはや村というより街と言っても差し支えない雰囲気であった。

夜になっても村のメインストリートにはまだまだ人が行き交う姿が見られ、特に問題もなく宿に入ることができた。本当の田舎村だったら門前払いだ。彼らには夜になってから現れた不審な人物の世話をするような余裕はない。

疲れ果てたギーツは、宿に入って早々、食事もせずに自分の部屋へ引っ込もうとしている。

「おい、飯はちゃんと食べろよ」

呆《あき》れた顔をしながらもアルベルトが忠告したが、ギーツは緩慢な動作で振り返り、げっそりとした顔で答えた。

「……ひどく疲れているんだ、休ませてくれ」

「寝る前にちゃんと食わないと明日もたねぇぞ」

「わかった、わかったとも、では食事が出たら呼んでくれたまえ。それまでの間少しでいいから休ませてほしい」

「しょうがねぇなぁ」

荷物を床に下ろして引きずりながら部屋の中へ消えていくのを、今度はだれも止めなかった。たった一日歩いただけで憔悴《しょうすい》しきっているギーツの姿にはこの先の不安しか感じない。

「いくら荷物が重いとはいえ、あんなに疲れるか？」

アルベルトがみんなが思っていたことを口にする。するとモンタナが、彼の消えていった部屋を見つめたまま返事をした。

「重い荷物を持ってたせいで姿勢が悪かったです。それに普段から運動してないと思うですよ、あの人」

「どうしてそう思うんです？」

あれだけ武門の家柄だなんだと言って、流石に運動していないというのは不自然だ。

歩き慣れていないならともかく、武人であれば素振りや稽古くらいするはずだ。モンタナたちだって早朝や、寝る前には必ず剣の鍛錬をしているし、コリンだって弓矢の調整をしたり、徒手格闘の型を確認したりしている。

「全体的に動きが固かったですし、手に剣だこもなかったです」

モンタナは自分の手をぱっと広げて私に見せてくれた。確かにモンタナの指の付け根辺りにはそれらしいものがある。アルベルトも自らの手をじっと見て呟《つぶや》く。

「昔はよく皮がむけたもんな」

「です。足にも多分靴擦れができてたです。歩きなれていない証拠です」

「腰の剣は飾りだと思った方がいいかもねー」

「多分まともに振れないと思うですよ」

あの剣が飾り……？　聞いていた自慢話だと、剣も魔法も得意だと嘯《うそぶ》いていたのだが、それも嘘《うそ》だということか。

「でもおかしいです」

「何がおかしいの、モン君」

「フーバー家はホントに武門の家柄です、公国内でも有名です」

「もしかしてあいつ自体偽者だったりして」

モンタナが首をかしげる中、コリンとアルベルトが「まっさかー」「でもあるかもしれないぜ」と言って、顔を見合わせて笑う。

しばらくの間は笑っていられたが、ややあって二人は、しんと静まり返った。

「まさかホントに偽者じゃないよな？」

「いや、まさか、そんな、ねぇ？」

同意を求められても私だってわからない。

「……とはいえ、彼は学園に通っていたわけですよね。そこで身分を偽るというのは難しいのでは？」

「誰もその裏はとってないです」

「……一応、コーディさんの紹介、らしいという話でしたよ？」

まさか、偽者の護衛をさせられている？　何のために？　流石にそんな意味のないことをするとは思えない。そこまですればただ信頼関係を損なうだけだ。

「そっか、でもじゃあなんであんな感じなの？」

「それはー……、本人に聞いてみた方がいいんじゃないでしょうか？」

聞いたところで答えてくれるとは思えないが、憶測をいくら話したところで答えは出ない。〈ヴィスタ〉にいる間ならともかく、ここでは彼について知っている人がいないのだから調べようもない。

みんなで頭を抱えていると、夕食がテーブルに運ばれてきた。

「起こしてきます」

立ち上がってギーツの部屋へ向かう。あの調子だと疲れて眠ってしまっているかもしれない。起こすのは酷だが、アルベルトの言う通り、食事はしっかりととっておくべきだ。

バテて歩けませんと言われても、背負っていくわけにはいかない。……背負った方がいくらか手っ取り早い気すらしてきているけども、やはりそうはいかないだろう。

ノックに返答はない。

「ギーツさん、食事をしましょう」

声をかけても何も反応がなかったので、悪いと思いながらも扉を開ける。

ギーツはベッドでうつぶせになってすっかり眠ってしまっていた。よっぽど疲れていたのだろう、荷物も投げ出して、靴は脱ぎ散らかしてそのままだ。

このまま寝かせておいてあげたい気持ちもあったが、食事の準備ができたら起こす約束だ。

部屋に上がり込んで、ベッドサイドに歩いていく。近くまで来てもまるで目を覚ます様子がない。仮にも貴人だろうにこんなに無防備で大丈夫なのだろうか。私が暗殺者だったらあっさりと命を奪われているところだ。

「ギーツさん、ご飯の準備ができましたよ」

体をゆすると、ギーツは小さくうめき、ぎこちない動作で膝を立てベッドの端に座った。疲労だけでなく、体の節々も痛めているようで、動きが酷《ひど》く緩慢だ。

「……よし、わかった、行こう。いっ！」

立ち上がって靴を履いた途端に、そのまま動かなくなる。

「どうしました？」

「足が、ちょっとな。大丈夫、大丈夫だ、問題はない」

涙目になって歩き出そうとするが、上手《うま》く立ち上がれないようで手間取っている。こんな調子でよく宿まで歩いてきたものだ。

「あー…、治癒魔法、使ったことないですが試してみましょうか？」

「……使えるのなら、ぜひお願いしたい」

「上手くいくかわかりませんが、一応習ったので」

「気休め程度でも構わん」

レオから詠唱は聞いていたが、まだ実際に試したことはない。

レオの話によれば、治癒魔法も練度によって効果はぴんきりなのだとか。

ほんの少し疲労を取り除くものもあれば、手術が必要になるようなひどいケガを治してしまうようなものもある。

当然後者のような大きな効果をもたらすものは、魔法の使用者の負担も大きいので、戦闘中に安易に使うものではないと言われた。私は今まで魔素酔いを起こしたことがないので、恐らく今回も問題はないだろう。

レオから聞いた詠唱を頭の中で唱えてから、ゆっくりと言葉に変えていく。

「治癒、包み、温《ぬく》み、作れ、戻せ、癒やせ、彼の肉体を。ヒーリング」

さて、どうだろうか。少しでも効果が出ていればいいと思い様子を見ていると、ギーツが変な声を上げ始めた。

「……お、お、お、おおお？」

奇声をあげながら目をぱちぱちさせていたギーツは、恐る恐る靴に足を突っ込み、立ち上がって足踏みをした。

何やら背後から小さな足音が聞こえてきて振り返ると、モンタナが部屋を覗《のぞ》き込んでいる。

「大丈夫です？」

「あ、大丈夫ですよ」

心配して様子を見に来てくれたらしい。大丈夫と言ったのにもかかわらず、挙動不審なギーツを見ると部屋へ入ってきて、私の横に並び警戒してくれている。ピンとたった尻尾が可愛《かわい》らしい。

「な、なんだこれは、治癒魔法？　いや、馬鹿な、なんだこれは。お、おい、大丈夫なのか、こんな大規模な魔法を使って！　魔素酔いは！」

興奮したまま詰め寄ってきたギーツは、意外なことに私の体を心配しているようだ。治癒魔法の効果でどれほどの魔法かわかったということは、実は本当に魔法に関しては精通しているという説が出てきた。

「あ、いえ、とくには何も。良くなりましたか？」

「よくなったどころではない！　今朝より調子がいいくらいだ！　どうしたことだ……、君は、いや、あなたは……、なんなんだ？」

「なんなんだと言われましても……、ご存知の通りとしか……」

「そんなはずがない！　私はこれでも学園で魔法学を専攻していたのだ！　こんな、こんな癒え方をする魔法を使えるものなど、学園の教授でもいないぞ！」

「いえ、あの、落ち着いていただけませんか」

ギーツが興奮したまま肩に手を伸ばしてきたところで、間にモンタナが体を滑り込ませた。ありがとうモンタナ、かっこいいぞモンタナ。

「ご飯です」

「ん、あ、ああ、そうか、夕飯か……。すまない、興奮してしまった……。治癒魔法、感謝する」

「いえ、元気になったようで何よりです。あー……、じゃあ食事にしましょうか」

体が元気になったおかげで無駄に早足で先に行ったギーツを見送って、モンタナは私を見上げる。

「大丈夫です？」

何の心配だろうか。魔法を使ったことに対してか、ギーツの興奮に面食らっていたことに対してなのか。どちらにせよ、今は何も問題はない。

「ええ、大丈夫ですよ。ありがとうございます」

それでも心配をしてもらえるのは嬉《うれ》しい。そっと頭を撫《な》でると、耳がピピっと動き、尻尾が私の足にぺしぺしとぶつかってきた。どういう感情なのかわからないけれど、逃げ出さないところを見ると、機嫌が悪いわけではないのだろう。

こんなことを言うと本人は嫌がるかもしれないが、モンタナはあまり背が高くないので、撫でるのにちょうどいい位置に頭があるのだ。

テーブルへ戻ってみると既にギーツが姿勢正しく食事を始めていた。

空いていたコリンの横に座ると、さっそく耳打ちされる。

「ねえ、あいつなんであんなに元気なの？」

「なんかですね、試しに治癒魔法を使ってみたら元気になっちゃいました」

「あー……」

なっちゃいましたは失言だったかもしれない。少し元気がないくらいの方が相手をするのが楽だったので、つい本音が言葉に乗ってしまった。

私が戻ってきたのに気づいたギーツは、笑顔で頷《うなず》き声をはる。

「さ、しっかり食べて、しっかり休んで、明日に備えようではないか！」

「お前がさっき、飯食わないで寝ようとしてたんだろ」

アルベルトが睨《にら》みつけると、ギーツはそれを笑っていなす。

「こらこら、依頼主で年上の私に向かってお前はなかろう？」

「何で復活してんだよこいつ！　うっぜえ……」

うん。治癒魔法を使うにしても、もう少し加減をするべきだったかもしれない。あまり調子づかせると今度はアルベルトの怒りによって再起不能にさせられそうな気がする。

まぁ、なんというか、アルベルトに関してはご愁傷様である。横に座られてしまったのが運の尽き。私も相手をするのに疲れていたので、もうしばらくの間は、アルベルトに彼のお守りを任せることにしたのだった。

三、口は災いの元

ゆっくり休んだ次の日の朝。

全員が準備を終えて宿の前に出てきたのであるが、どうもその景色に違和感があった。間違い探しのようなその違和感が何なのかしばらく考えていた私だったが、やがてそれがギーツの背中にあることに気が付いた。

　ギーツの荷物が一回りほど小さくなっている。

「……もしかして荷物減らしました？」

「いや、そんなわけなかろう。私は初志貫徹する男さ」

　涼しい顔でそう言ったギーツに、私はそれ以上突っ込みを入れるのをやめた。

　流石に痛い目に遭ったので、助言に従うことにしたというところだろう。本人がそうしていないというのならあえてこれ以上言うまい。

　この村を出てしばらく今までと同じ穀倉地帯が続く。天然の堀の役目を果たしている広い川の手前までそれはつづき、川に架けられた数少ない橋の両側には、騎士の詰所が設けられている。

　この川を境に、道の雰囲気はがらりと変わる。ヴィスタの都市圏から外れるからだ。騎士の巡回頻度は減り、深い森や山が広がっている。そこには魔物も住んでいるだろうし、街や村から追い出されたような、ならず者も潜んでいることだろう。

　ギーツは昨日のことで少しは学んだのか、道中でマシンガンのように話し続けることはやめたようだった。たまに思い出したかのようにぽつりぽつりと話すくらいなので、コリンやアルベルトも相槌《あいづち》を打ってやっている。

　まるで会話がないとそれはそれで気疲れしてしまうだろうから、旅の間というのはそれくらいでちょうどいい。成績優秀だったと自称するだけあって、学習能力は高いようだ。

「昨日の魔法のことを私なりに考えてみたのだが」

私の横で道の先を見つめたままギーツが口を開く。

「やはり大したものではあったと思う。しかしその、あれだろう？　使ったことがないというのは事実ではなかろう？　謙遜もしすぎは良くない。全力を振り絞って魔法を使ってくれたことには感謝するがな。まぁ、なんだかんだと言って体を鍛えている私の肉体は、おそらく感じていた痛みや疲労ほど、ひどい状態ではなかったのだろう。慣れぬ旅に精神の方が参っていただけであったのだ」

時にこうした自分に都合のいいように現実を捻《ね》じ曲げて考えるものがいることを私は知っている。本人に悪気はないのだが、話しているうちに本人もそれが事実だと思い込んでしまうのだ。

「そうかもしれませんね」

こんな時言い争うことにはあまり意味がない。どうしても譲れないこと以外で意見をぶつけ合っても、得るものは何もないからだ。褒められているのか貶《けな》されているのかわからない考察は、さらりと流して忘れてしまうことにしよう。

橋を渡り終えてさらに一時間ほど歩くと、森へ差し掛かる。人の歩く街道なので藪《やぶ》をかき分けて進む必要はないが、左右から入る光がまばらになり、景色は少し薄暗い。

枯れ葉が積もり、歩く度にカサカサと足元で音が立つ。濡《ぬ》れてぐちゃぐちゃになった葉が積もっているところを踏んでしまうと滑るので、できるだけ土の上を歩くのが安全だ。

たまに足を滑らせるギーツを支えながらそんなことを思うのだが、忠告しても突っぱねられることが多いので、注意する気にもなれない。

何度かそれを繰り返すとギーツも慎重に歩くようになったが、そうすると今度は歩く速度が遅くなる。転んで怪我《けが》をするよりはマシだったが、今日も予定通りには進まなそうだ。

どちらにせよ今日中に泊まれるような村に着く予定はなかったので、野宿は決定しているのだが……。そうなると小さくなったギーツの荷物が心配だ。

彼はきちんと夜を越えるだけの装備を用意してきているだろうか。

やがて昼も過ぎ、夕暮れが近づく。

ギーツは昨日と同じで、時間が経《た》つにつれて口数が減っていった。

まぁ、私たちにとってはその方が快適だ。

途中で「私はおしとやかな女性が好きだ」なんていう好みの女性の話をされた時など、あからさまにコリンがイライラしていたので、どうなることかと思った。

口数が減ったとはいえ、昨日ほどしんどそうでないのは歩き慣れたからだろうか。

「今日はこの辺に泊まりましょう」

他の旅人が利用したのだろう、少し藪が開かれて、焚《た》き火《び》跡の残る場所があった。

声をかけるとギーツはほっとした様な顔をして、背中を木に預けて座り込んだ。背負い袋を放り投げたのを見るとやはりまだ重く感じているのかもしれない。

「昨日より早く休むのだな。私はまだ歩けるが？」

「それは助かります。では薪を集めていただけますか？　野営の準備をしなければいけないので」

私たちだけで準備をしようと思っていたが、強がりが言えるのならば、まだ多少動けるということだろう。夜の森は危険だから、日が落ちる前に大きな焚き火を作り、朝まで維持できるだけの薪を用意しておきたい。

野営時に火を焚くのにはいくつか理由がある。

炊事、飲料水の確保、獣除《よ》けに、視界の確保、それに冬場は体を温めるためだ。

火を起こすのにもコツが必要で、火打ち石で細かな木屑《きくず》などの火口に火花を移し、それから風を送って段々と大きな薪へ火を移していく必要がある。湿度が高いと、まず最初の火種を火口に移すこと自体が難しいため、油を吸わせた綿などを持ち歩くものもいる。また前日の燃え差しを保存して持ち歩くことで、この作業を少し楽にすることができる。

古来、火おこしにはさまざまな工夫がされてきた。それだけ野営での火の確保は重要視され、手間のかかるものだったのだ。

なんて勉強してきた知識を披露する機会は、実は私にはない。魔法使いが、あるいは豆魔法《トリビア》を得意とするものがいれば、火と水の問題は殆《ほとん》ど解決してしまうからだ。

火口を用意するまでもなく、最初から薪に火をつけることができる。水も出せるし、なんなら光源だって確保できる。旅に魔法使いがいるとそれだけで作業量が一気に減るのだ。重宝されるる理由もわかるというものである。

みんなが声の届くくらいの範囲でそれぞれ薪を集めたり、動物や魔物が潜んでいないか確認したりしている。私も森の中に入り、いい薪がないか探していると、乾いた倒木を一本見つけることができた。

ぱぱっとウィンドカッターの魔法を使い、いい大きさに整えた。ロープでくくっているうちに気付く。どうせくくって持っていくのであれば、一本のまま運んでいけばよかった。次回からは気をつけよう。

元の場所まで戻ってくると、他の面々も帰ってきていた。端の方でモンタナとコリンが兎《うさぎ》を木に吊《つ》るしている。

「ハルカー、捌《さば》くから地面に穴掘ってー」

モンタナが木の下に棒でずりずりと円を描いている。この線に沿って穴を掘ればいいらしい。レオに魔法を教わったことはみんな知っているので、試しに見せて欲しいのだろう。

「掘削《くっさく》、抉《えぐ》れ、避《よ》け、積みあがれ、望む深さに、ディグ」

そこにないものを生み出すことだけが魔法ではない。

すでにあるものに干渉するのも、また魔法だ。描かれた円よりは幾分か小さく、しかし無駄に深く穴ができた。土が生き物のように出てくる様は、ちょっと気持ちが悪い。

私はどうもこの、元からあるものに干渉する魔法があまり得意ではないらしく、思ったように効果を発揮できずにいた。

レオ先生の魔法授業によれば、基本的にすべての魔法使いがそうなのだけれど、極まれに、干渉する魔法の方が得意なものもいるそうだ。

『どうせ魔素酔いしないなら、何でも試してみたらいいんじゃないですか？』というのがレオ先生のありがたいお言葉である。

さて、獣を捌くときは、内臓などの必要のない部分を焼いてしまうか、川に流すか、あるいは土に埋めてしまった方がいい。そうでないと血の匂いにつられた肉食の獣が集まってくる可能性があるからだ。捌いている時点でその可能性はあったが、対処をすることで、その場の血の香りを薄くすることはできる。夜になってから襲われたくないのであれば、できることはしておくべきだ。

躊躇《ちゅうちょ》なく兎を捌き始めたコリンをしり目に、私は薪を積み上げた場所へ戻ると、アルベルトが薪を並べていた。高く積み上げる必要はないのだが、やっているうちに楽しくなってしまったのか、薪のタワーがくみ上げられていた。

アルベルトが満足して離れると、今度はギーツが近寄って剣を抜き、薪にその先端を向けた。詠唱が聞こえ、剣の先から小振りの火の玉が現れて薪へ飛んでいく。どうやら魔法で火をつけようとしているようだった。

結果としては、生木が多かったのか、うまく火がつかずに薪の先が少し焦げただけだった。

「もうちょっと大きな炎とかだせねえの？」

アルベルトが薪の横にヤンキーのように座りながら、ギーツを見上げる。

ギーツがぐぬぬ、と悔しそうに顔を歪《ゆが》めて言い返した。

「簡単に言ってくれるな、よかろう、見ていろ……」

じっくりゆっくりと詠唱を始めるギーツ。しかし出てくる火の玉の大きさは変わらない。三度着火に失敗してアルベルトがジト目になり始めたところで、私は黙ってその場から離れた。

ギーツはチラチラと私の方を見ており、集中できていないようだった。同じ魔法使いとして、魔法を使う瞬間を見られるのが嫌だったのかもしれない。邪魔をしないように、そろりと歩いてコリンたちの方へ戻っていく。

すると捌き終えたのか、コリンが穴の上に手をブランと伸ばして私が来るのを待っていた。手が血だらけだ。

「ハルカー、水だしてぇ」

「はいはい、どうぞ」

大きな水の塊を出してやると、コリンはその中に手を突っ込んで綺麗《きれい》に血を洗い流す。ちらりとつるしてあった兎をみると、すっかり皮をはがされて内臓も抜かれ食肉状態になっていた。逆さづりに揺れている兎の目がギョロッとしていて、ちょっと怖くて目をそらす。私はまだこんな状態の動物を直視するのはあまり得意ではなかった。

穴の後始末を終えて焚き火の傍《そば》へ戻ると、ギーツが座り込んでぐったりとしていた。少し前まで魔法を使っていたのかもしれない。薪が湿っていたせいで火がうまくつかなかったのだろうか。

焚火は二つに分けられている。私やギーツが囲っている大きなものが一つ。コリンが調理に使っている、石で囲んだ小さなものが一つだ。

コリンは私の背負い袋の一番外側にくくられている大きな鍋を、石の上にデンとおいた。その中に水と採ったらしい野草、乾燥した豆と、強く味付けされた干し肉を入れてぐつぐつと煮こんでいる。

すごくおいしいものができるわけではないが、ありあわせで食べられるものが作れるコリンは、それだけですごい。多分私が作ったら、泥水みたいな料理が出来上がるはずだ。

火の周りでは、兎肉を串に通したものを地面に刺して、遠火で焼いている。調味料は持ってきているので、今日は串焼き肉をメインとして楽しむべきだろう。

寒空の下でこうして火を囲んでいると、屋根や壁があり、頼めば食事が出てくる普段の生活のありがたさを痛感する。

この世界に来る前までと比べれば、日常生活は不便なこともたくさんある。

しかし思い返してみれば、元の世界での生活は豊かすぎて、気を抜く時間が多すぎたようにも思う。生きていくために必要な技能が少なすぎた。

調整のたやすい火、触っても火傷《やけど》をしない灯《あか》り。夏も冬も適温の中で過ごし、遠くへ行きたければ乗り物を選べばいい。

私は生活の中にある仕組みのほとんどを理解していなかった。ただ何も考えずにその手軽さを享受して生きてきた。だからもし今、同じものを作れと言われ、それらを作るための必要な材料を渡されたとしても、自分では何一つ組み立てることができないだろう。

今暮らしているこの世界より、よっぽど複雑で理解しがたい世界だった。そう思うのは私が元の世界に馴染《なじ》むことができていなかったせいだろうか。

ぼんやりと火を見つめていると、色んなことに思いをはせてしまう。ぼんやりと思考しながら時間を過ごしていると、コリンの「できたよー」という声が聞こえて我に返った。

わらわらと鍋に集まって、それぞれのコップで鍋から食事をすくう。熱いそれを冷ましながら、啜《すす》り、たまに肉をかじる。

香ばしくてとてもおいしい。鍋の豆も塩加減がちょうどよかった。この材料でおいしい料理が作れるのだから、やはりコリンは料理上手ということなのだろう。

そんな穏やかな食事の時間を邪魔する一言は、やはりギーツの口から発せられた。

「うん、まぁ、うまくはないな」

どうして余計なことを言うのだろうか。コリンの顔を横目で窺《うかが》ってみる。笑顔だ。

「それ、私たちのパーティ用なので、食べなくていいんですけど」

「な、なにを言う、私の食事の準備をするのは当然であろう?」

「当然じゃないんですー、契約は護衛だけなんだから、そういうのは自分でやってもらうのが普通なんですー」

笑顔で怒っている。怖い。

ギーツは戸惑っているようだが、コリンの言っていることは間違っていない。

私たちのパーティは、ギーツの安全を確保しながら目的地へ送り届けるのが仕事であって、道中の食事や、生活用品の準備までは請け負っていない。そんな話もしたはずなのだけれど、相変わらず人の話はあまりよく聞いていないようだ。

それでも食事を譲らないとは言っていない。しかし勝手に食べた上に失礼な批評をするというのは、あんまりな態度だった。

できるだけギーツのことを庇《かば》ってやろうと思っていたが、流石に今回はひどい。コリンが怖いから庇わないとかそんな理由ではなく、単純に反省してしかるべきだと思った。

「そう、なのか？」

なぜ私に尋ねるのだろうか。コリンが説明したのにわざわざ私に確認を取ることもまた失礼だ。

「ええ、そうですよ。もし食事やそのほか諸々《もろもろ》の手配も私たちでやるようでしたら、もっと依頼料をいただいてます」

「そうか……、そういうものなのか……。知らなかった……」

そう呟いてからギーツは、何もしゃべらずに黙々と食事をつづけた。

理解できたのならば膨れているコリンに謝罪の一言が欲しかったのだが、結局その日、ギーツから謝罪がなされることはなかった。

四、途中経過

ギーツは何かを考えるように、言葉少なに食事をして、それからすぐに荷物の中からぐるぐるに丸めた毛布を取り出し、木の下で横になった。ただ疲れて喋《しゃべ》るのが億劫《おっくう》になっていただけなのかもしれないが、彼は彼なりに今日のことを反省しているのかもしれない。

私たちも二組に分かれて、交互に休みを取ることにする。

野営の場合、火の番をしなければいけないし、何かが近づいた時にすぐに対応できるよう警戒する必要がある。一人で黙って座っていると、どうしても眠気に負けてしまうことがあるので、不寝番は二人一組でというのが一般的であるようだった。

アルベルトとコリンがしばらく起きていてくれるそうなので、私とモンタナは先に休ませてもらう。眠るときはあまり離れず、火の灯りが届く範囲で、くっついて休むようにしている。人肌が近い方が温かくよく眠れるのだ。

コリンに揺り動かされるまで、ぐっすりと休んだ私は、目を擦《こす》りながら起き上がる。焚火へ向かって大きな薪を放り込んで、その傍らに座り込んだ。朝まではまだかなりの猶予がある。

やがてモンタナが半分目を閉じたままやってきて、黙って私の隣に座った。

沈黙が嫌なわけではないのだが、黙って火が燃える音を聞いていると、だんだん眠たくなってきて困る。

モンタナは眠らないように手作業をしているようだったが、それほど集中しているわけではなさそうだ。些細《ささい》な音に耳を動かし、たまに森を見つめたりしている。話しかけても邪魔にはならなそうだ。

「モンタナ、お父さんとは仲がいいんですか?」

「……大丈夫ですよ、ドットハルト公国に行きたくなかったわけではないです」

遠回しに質問したつもりだったが、すぐに察せられてしまった。ちょっと恥ずかしい。

モンタナはぼーっとしているように見えるのに、気配を探る時や、人と会話するときに異常に鋭い感覚を発揮することがある。当初は、普段のモンタナとはまるで別人の様で不思議に思っていたが、最近ではこれも彼の個性なのだろうと受け入れることができていた。

人の感情や、ちょっとしたものの変化に敏感で、繊細な子なのだ。

それだけに、ドットハルト公国へ行くという話になった時、私に悟らせるほどの大きな動揺を見せたモンタナのことが心配だった。

この大丈夫は信じていいのだろうか。私が頼りないから話すことができないのであれば、大人として情けない限りだ。

もしモンタナの変化に気づいたのがアルベルトだったら、迷いなく、もっと強くモンタナの思いを聞くのだろうと思う。それが彼の良さだ。

コリンだったら、遠慮がちにでもしつこく聞くのかもしれない。彼女は結構仲間思いだ。

でもそれは彼らだったらの話で、私は私だ。

人が違えば、取れる手段も違う。仲間たちのそんな強さを私は尊敬しているが、それは私のやり方ではない。では何をどうするのが私のやり方なのか。

それが分かっていれば苦労なんてないのである。

モンタナの作業は続く。

小さな手が器用に動き、指の腹で石をなぞり、何かを確認してからやすりをかける。

動作にどんな意味があって、この石がどうなったら作業が終わるのかはわからないが、きっとモンタナの頭の中では完成図が見えているのだろう。火をぼんやり見ているよりは、せわしなく動くその手元を見ている方が退屈しない。

小一時間程すると、不意にモンタナの手が止まり、石とヤスリが袖の中にしまわれた。

顔が上がり、モンタナの若草色の瞳が炎を映す。

「ホントに、大丈夫です。他の何よりも優先して、僕の心配をしてくれる仲間がいるですから」

目を細めているモンタナの表情は柔らかく、わずかに微笑《ほほえ》んでいるようにも見える。

「そんなに心配しなくても、辛《つら》いことがあったら一番に頼るです」

地面についていた私の手の甲を、モンタナの尻尾が撫でる。

立ち上がったモンタナは、すぐ近くに積んでいた薪を持って戻ってくる。よく見てみれば、いつの間にか焚火の炎が随分と小さくなっていた。

モンタナのことばかりを見ていて、炎をあまり気にしていなかった。何かが気になると、他のものが疎《おろそ》かになるのは、昔からの悪い癖だ。

火の管理はできない上に、考えていることが筒抜けで散々である。

自分も薪を運ぼうとモンタナの後を追って立ち上がる。

散々であるはずなのに、情けないはずなのに、なんだかとても気分がいい。

どうやら私は、自分の未熟さよりも、寄せられた信頼が嬉しくて仕方がないらしい。


朝になるとコリンが軽いスープを作ってくれた。いざ食事という段階になってようやく目を覚ましたギーツは元気いっぱいで挨拶をしてくる。

「やぁ、皆朝が早いのだな」

おそらく不寝番が立っていたことすら気づいていないギーツは、一番ぐっすり休んだおかげか、朝は誰よりも元気な様子だった。

朝の栄養を補給して火の片づけをすると、すぐにその場を後にする。予定通りに進むためには、少しでも無駄な時間を減らしたい。

道中モンタナが大きな口を開けて欠伸《あくび》をしたのを見て、ギーツが嬉しそうに声をかける。

「なんだ、昨日はよく眠れなかったのか？　まぁ、野営というのはそういうものであるようだからな、はっはっは」

彼は不寝番を立てていたことを知らない。

「朝ごはん食べたから眠くなったです」

むにゃむにゃと口を動かしながら、答えるモンタナにはいらだった様子がない。長い尻尾を手櫛《てぐし》で整えながらギーツのことを見上げる。太陽の光が目に入ったのか、眩《まぶ》しそうに目を細めた。

「まだ幼いから仕方なかろう。……おっと、君は十六歳であったかな？　どうも見た目も相まって幼く見えてしまう」

「よく言われるです」

パーティの面々もそろそろ彼の減らず口にも慣れてきたのか、あまり気にしないことにしたようだ。このギーツという人物、自尊心は高いものの、言い返されても怒って暴れだしたりしないので、実はそれほど扱いが難しくない。

こんな調子で旅を続けていれば、目的地に到着するころには案外いいムードメーカーになっているかもしれない。


それから二日ほど、同じように旅を続け、四日目の夜には小さな村で物資を補給することができた。干し肉や旅に必要なものは、街道沿いにあるほとんどの村で購入することができる。割増しではあるが、報酬を考えれば些細な出費だ。

とはいえ、ただで食べさせる飯はない。

村人との買い物交渉を終えたコリンは、黙ってギーツに手のひらを差し出した。

ギーツは不思議そうな顔をしてから、はっと思いついたようにその手を握ろうとした。

「うむ、握手くらいならいつでもしてやるぞ」

しかし、ぱちん、といい音がして、その手が払われる。

「どうして手のひらを上にしてるのに、握手だと思うわけ？　お金払いなさいよ、自分の食べてる分くらいは」

ギーツは少し悲しそうな顔をして、手をさする。

被害者みたいな顔をしているが、ここまでただ飯を食べさせてもらったのはこの男爵令息だ。お金の管理をしてくれているコリンが眉を吊り上げるのも無理はなかった。

「し、支払うとも、もちろん。そのようなケチな男だと思わないでいただきたい。なんならこの支払いは私が全てもってやってもいいぞ！」

「あ、ありがとうございまーす、じゃあお願いします！」

コリンはギーツの後ろに回って背中を押し、取引相手の前に立たせると、そのまま回れ右をして、買い込んだ食料をそれぞれの荷にしまい始めた。

「ちょっと慣れてきた、あいつの扱い方」

「なんかちょっとかわいそうだな……」

鼻歌を歌いながら荷物をつめるコリンの言葉に、アルベルトが小さな声でそう言った。

うまいこと使われてしまっているギーツに、男としてなんとなく思うところがあったのだろう。憐《あわ》れんだ目で支払いをするギーツを見つめていた。

旅は続き七日目の夜。ようやく国境付近にたどり着き、険しい山の手前で一晩を過ごすことになった。

自分が支払ったもので食事が作られているからか、あるいは旅慣れてきて少し余裕が出てきたからか、ギーツは食事を待つ間も元気そうだ。

夕食前の焚火に火をつけるのは自分の係であると思っているようで、薪が揃《そろ》ってくると、まじめな顔をしてやってきて、乾いたものを自分でいくつか選んで集めだす。

最初の頃のように最初から大きな薪に火をつけることはせずに、小さな乾いたものを使用するようになってからは、一回の魔法で着火ができるようになっていた。

火が付くとあっちこっちに散らばっているパーティメンバーを見てどや顔をするのだが、相手をするのは私かモンタナくらいだ。

アルベルトとコリンには冷たくあしらわれるようで、火をつけ終わるとそのどちらかのそばに寄ってくるようになった。遠くにいても焚火の準備ができたのが分かる。

その姿はさながら、宝物を飼い主に見せに来る犬みたいで、私はどうも彼のことを嫌いになり切れないでいた。

背伸びしたいお年頃なのだろうと思うと、多少の無礼は許してあげてもいいかなと思ってしまうのである。

コリンの作る晩御飯を待つ間、アルベルトはいつものように剣をもって素振りを始める。

ギーツは地面に座り、自分の作った焚火をつついたり、木を足したりしていたが、アルベルトが動き出したのを見て声をかけた。

「君はよくもまぁ毎日素振りを続けるね」

「なんだよ、悪いか？」

「いや、どうしてそんなことを毎日続けられるのかと思ってね」

珍しく減らず口を叩《たた》くでもなさそうなギーツに、アルベルトは一度剣を収めてその場にドカッと座った。

「強くなりたいんだからできる努力はするべきだろ」

「どうして強くなりたいんだい？」

「そりゃあ冒険者として活躍したいからだろ」

「それだけかい？」

「だから、なんか悪いのかよ」

淡々と尋ねてくるギーツに、鬱陶しいとは思うもののどうも強く出られないようだ。

私から見ても、ギーツの表情が真剣であることが分かる。

今まで自分の話ばかりしていたくせに、急に妙なことを尋ねてくるものだからアルベルトは困惑しているようだった。

「……君みたいな単純な子がうちに生まれていれば良かったのだが」

独り言のように呟いたギーツは、腰に差した剣の柄《つか》をぎゅっと握って俯《うつむ》いた。いつものギーツらしくない。いつのまにシリアスなスイッチが入ってしまったのだろうか。

困った顔をしたままのアルベルトが、隣に寄ってくる。

「なぁなぁ、今俺馬鹿にされたのか？　怒った方がいいのか？」

「……いえ、そういうのではないでしょう。話は済んだみたいですし、訓練に戻ってもいいと思いますよ」

「そうか？　なんだあいつ、変なの」

ギーツはさっきとは一変して、暗い顔をして木の棒で炎を突っついている。それを気味悪そうに眺めてから、アルベルトは炎を挟んで反対側までわざわざ歩いていって、ギーツの方を見ないようにして素振りを始めた。

五、護衛のお仕事

国境を越えてドットハルト公国の領土に足を踏み入れると、しばらくの間山道が続く。昔ならひざの痛みに悩まされたかもしれないが、今の私の体はまだまだ元気である。

それにしても、動物の鳴き声が以前よりかなり多くなってきた。ギーツは狼《おおかみ》の吠《ほ》え声《ごえ》を聞くたびに不安そうに周りを見回している。

私たちも狼の声が気にならないわけではなかったが、以前狼の魔物を倒した経験のおかげで、必要以上に恐れることはなくなっている。もし危険な距離まで狼たちが接近してくるようであれば、モンタナが気づいてくれるだろう。不意打ちさえされなければ、野生の狼相手に後れを取ったりはしない。

モンタナは空の鳥を見上げたり、その辺で蛇を捕まえてきてぷらぷらとぶら下げたりしているので、まだまだ危険はなさそうだ。ちなみに蛇の頭は落とされている。多分あれは、今日の晩御飯のおかずになるのだろう。

山道は分岐することなくグネグネと続いており、できるだけ登ったり下ったりしなくて済むように、谷や川のそばに作られている。左右に迫ってくる山々は圧迫感があり、遠景に聳《そび》える高い山々にはうっすらと雪化粧がされていて、見るからに寒々しかった。

遠くに黒い雲が見える。あちらの天気はおそらく酷いものなのだろうけれど、山のふもとまで天候が崩れるようなことはないだろう。できることならば、山道を抜けるまで穏やかな天気が続いてほしい。

空を眺めながら雲の進む方向を確認してから、私は先ほどモンタナも口を開けて空を見上げていたのを思い出した。あれは鳥を見ていたのではなく、もしかしたら雲の様子を見ていたのかもしれない。

そんなことを考えながら横顔を見ていると、モンタナの鼻がスンと音を立て、耳がピクリと動いた。

「なにか来るです」

足を止めたモンタナは、即座に剣を抜く。

「私たちの後ろに」

短い言葉でギーツに注意を促して、私もモンタナの横に並んだ。

誰一人としてモンタナの言葉を疑うことはない。アルベルトも剣を構えて横並びに、コリンは荷物を投げすてて、弓に矢をつがえた。

がさがさと茂みが揺れて音を立て、大きな影が次々と道へ飛び出してくる。

大きな角を突き出しながら、右から左へ、川を跳び越え、そして消えていった。

鹿だった。

「な、なんだ、鹿ではないか、驚かせおって」

額をぬぐったギーツが気を抜いて、前に歩いてこようとしたのを、横に手を伸ばして止める。モンタナが鹿なんかの気配に警戒するはずがない。

茂みからの音はまだ続いている。先ほどまでよりも乱暴に茂みを駆ける音。やがてそれは、ミシミシと細い木をへし折って道に現れた。

四足歩行で飛び出してきたそれの頭頂部の高さは、今のところ私と大差ない。鹿に逃げられたことで腹を立てたのか、川に向かって大きく吠えたそれは、冬眠前の巨大な熊だった。

ひゅっと息をのんだ音がギーツから聞こえてくる。その音に反応した熊が、ぎろりと私たちへ顔を向けた。

アルベルトが左、モンタナが右に駆けだす。掛け声は必要ない。二人はいつも戦う時の手はずを相談している。

耳に風を切る音が聞こえた。どちらに狙いを定めるか迷っていた熊の眉間に矢が当たり地面に落ちる。

「ま、刺さらないか。でも怒ったでしょ」

コリンの言うとおりだ。

熊は左右にばらけた二人を無視して、四本の足でコリンに向けて一目散に駆けだした。

瞬間、その両前足がすれ違いざまに切りつけられる。モンタナが指の間を縫うように、アルベルトは前足首の辺りを力いっぱい切りつけて、そのまま熊の後ろへ駆け抜ける。

体を切りつけられた熊は、慌てて標的を変えようと後ろ足で立ち上がり、駆け抜けていった二人に向かって腕を振るおうとした。立ち上がってくれれば、狙いを定めるのは簡単だ。

振り返ろうとした熊の体から、首がごろりと転がり落ちる。

「いい囮《おとり》でした、助かります」

「よっし、予定通り！」

戻ってきたアルベルトが左手を上げたので、私も右手を上げてそれを迎える。

「ええ、ばっちりです」

ぱちんと手のひらがぶつかって、いい音を立てた。

あらかじめルートに出る可能性のある獣については対応策を考えてある。基本的な動作をしてみてダメだったらあとはそこから声を掛け合って考えよう、というシンプルなものだったが、思いのほか綺麗に片付けることができた。

オランズで木こりたちの護衛をしながら野生動物と戦っていた経験が生きた。

野生の熊や狼は恐ろしいが、脅威度で言えばタイラントボアほどではない。きちんと態勢を整えて相対している限り、恐れるほどの敵ではない。

夜、いつもの通り野営の準備をしていると、なぜか急に立ち上がったギーツは、アルベルトの横に並んで素振りを始めた。いざその素振りをみると、意外なことに変な動きはしていない。私から見てというだけだから、玄人から見た時どうなのかわからないけれど。

ただ、体力自体はないようで、アルベルトのペースにはついていけていない。しばらくすると一度剣を置いて、手にぐるぐると布を巻きつけていた。皮でもむけたのだろうか。

みんなで焚火を囲んで食事を始めると、珍しくアルベルトからギーツに話しかける。

「お前、その剣飾りだと思ってたけど、もしかして本当に戦えたりするのか？」

「ふん、最初から言っていただろう？　私は魔法も剣も使える、どこまでも失礼だな」

「じゃあ次からなんか出たらお前も戦えよな」

「も、もちろんだ、とも」

アルベルトがそういうからには、彼は本当に戦えるのかもしれない。

ただ、戦闘に関して気後れしているのははっきりとわかる。私もこの世界に来た頃は、戦いなんてとんでもないと思っていた。

いくら戦う手段があるとはいえ、望まない相手を戦闘に引っ張り出すのは違うだろう。そもそも、私たちの仕事は護衛だ。必要にならない限り、依頼主には後ろで静かにしていてもらった方がいい。

「アル、私たちは護衛なんですから、依頼主は危険にさらさないようにしないと」

「そうだ、そうであった。私は戦えるが、せっかく君たちを雇っているのだから、頑張ってもらわねば」

何か心境の変化はあったらしいが、大きな態度だけはいつもと変わらないようだ。

翌日は特に何も出ることなく、ただただ山道を進んでいるうちに日が暮れてしまった。

もう少しすると山が開け、平坦《へいたん》な土地が現れる。

地図に間違いがなければ、明日一日歩きとおせば、【ドットハルト公国】の最初の街につくはずだ。

元々は【ディセント王国】とにらみ合いをするための砦《とりで》があった場所で、今でも多くの兵士が詰めているそうだ。北方への最前線の一つというわけである。とはいえ今の【ディセント王国】と【ドットハルト公国】の関係は良好だ。有事のために備えているだけなのだろう。

街を越えてしまえば、比較的大きな道が広がっており、魔物や賊に出くわす機会も格段に減る。

つまり逆に言えば、その町から関所までの道のり、つまり今私たちが歩いている辺りが、一番治安が悪く、旅人にとってはリスクの高い場所である。

◆

道のわきに少し開かれた場所がある。

こういう場所は大体他の旅人たちが切り開いて、定期的に利用している野営地だ。

水場が近いことが多く、他の旅人と合流することもある。

たまに使ってやらないとあっという間に山や森に飲まれてしまうので、いい位置にあったら避けて通らず、軽く整備して使ってやるべきだ。そんな知識を思い出したハルカは、他の旅人のことも考えて、今日の野営地をこの場所に決めた。

「それじゃあ、今日はここに……」

ハルカがそういって広場へ踏み入れようとすると、モンタナがローブを摑《つか》んでそれを止めた。

いつにもない強引なやり方に驚いたハルカは、足を止めて振り返る。

「先に水の確保するですよ、あっち行ってから戻るです」

「モンタナ？」

「行くですよ、水の音するですから」

勝手に道を戻りどんどん進んでしまうモンタナに首をかしげながら、ハルカはそれを追いかける。他の面々も、疑問に思いながら後を追った。

魔法で水を出せるというのに、水を汲《く》みに行くなんて言い出すのは明らかにおかしい。

「うむ、それでは私は先に火を焚く場所を確認しておくとしよう」

後ろにいたギーツだけがモンタナについて行かず、広場へ一歩足を踏み出した。

「ギーツさんも行くです！」

「何を言っているのだ、そもそも水など……」

珍しく大きな声を出したモンタナが、駆け寄ってギーツの服を引っ張る。

ビュオッと聞き馴染みのある、しかしいつものそれよりもやや濁った空気を割く音がした。

モンタナはその場に留《とど》まろうとするギーツの片足を払い、思いきり背中を引っ張った。空気の漏れるような声と共に、ギーツが地面に引き倒される。

直後、コッと小さな音がして、額に何かがぶつかった。

木の実でも降ってきたのかと思い、のんきに地面を見ると、そこには一本の矢が落ちていた。

「賊です」

広場の手前の茂みから体を出し新しい矢をつがえている男に向かって、モンタナが身を低くして走りだした。すぐにそれを追うようにして荷物を投げ捨てたアルベルトが走り出す。

広場の奥に隠れていた男が五人、それぞれ古びた剣や農具をもって飛び出してくる。誰もが薄汚れた格好をしており、頬はこけ、目はぎらぎらと怪しく光を放っていた。

ハルカは慌ててギーツの盾になるように前に出る。後ろからピョウと空に抜けるような音が聞こえ、ハルカの左を矢が抜けていく。

「ぐぁ！」

広場から飛び出した男のうちの一人が大きな声を上げて、武器を取り落とした。腕にコリンの放った矢が生えており、男はその場にしゃがみこむ。

敵の弓からモンタナに向けて矢が放たれる。

更に身を低くし、まるで四足歩行をしているかのような姿勢を取ったモンタナの頭上を、放たれた矢が通り抜ける。

モンタナの後を追っていたアルベルトは、上から下へコンパクトに剣を振るって、低い軌道で飛ぶ矢を叩き落とした。

慌てて新たな矢をつがえた男の前には、すでにモンタナがたどり着いていた。

男はそのまま弓を振るってモンタナにたたきつけようとするが、モンタナが小剣を振るう方が早い。足を薙《な》ぐようにして振るわれた剣は、その半ばまで切り裂いて、男を地面に這《は》いつくばらせた。

男の絶叫が森に響く。

男の足から剣を引き抜く間に、アルベルトがモンタナを追い越して、先頭を走ってきていたスコップを持った男と相対した。

アルベルトが右から左へ横薙ぎに剣を振るうと、男は表情をひきつらせ、スコップの先で腹部を守った。

それが見えていたアルベルトは腕を引き、剣の先がスコップに当たることを避ける。そうして一瞬ピタリと動きを止め、男の左わき腹に向けて剣を突き出した。

腹が破ける。中から勢いよく何かが飛び出す光景から、ハルカは思わず目をそらしそうになる。後ろからまた矢が放たれる音がして、アルベルトに迫っていた男の足元に突き刺さった。

仲間がやられ、勢いを失っていたせいで、コリンの目測がずれたのだった。

残る三人は勝てないと悟ると、踵《きびす》を返して森の中へ逃げていく。

ハルカは何かしなければと、その背中へ向けて人の頭ほどの大きさのストーンバレットを放つ。

誰にもあたらないでくれ、と知らず知らず心の中で願ってしまったのか、放たれた三つのストーンバレットは、綺麗に人を避けて森の中へ消えていった。

ホッとしたような気持ちと、役に立てなかったという気持ちが複雑に交錯して、なんとも言えない感情が胸の内でのたうち回っていた。

ストーンバレットが消えていった森の中で、ミシミシと大きな音を立てて木が倒れる。

後ろを見ながら森の中を走る男は、目の前にそれが迫っていることに気付かない。それなりの樹齢を重ねたであろう木は、無情にも男の体をゆっくりと確実に押しつぶした。

ハルカの呼吸が荒くなる。そうでもしないと、息が吸えないような、そんな錯覚に襲われていた。

木に押しつぶされようとする一瞬、ハルカはその男と目が合ったような気がしていた。

ハルカはその場にしゃがみこんで口を押さえる。

最悪な気分だった。

覚悟が足りなかったことも、結果的に人の命を奪ってしまったことも、とにかく今まで一度もないくらいの最悪な気分だった。

戦っていた相手は、いや、私が殺した相手は、間違いなく私たちのことを殺す気でいた。言葉すら交わさず矢を放ってきたのだからそれは間違いない。

モンタナとアルベルトが、まだ息のある賊に止《とど》めを刺しているのが見える。

それほど遠くにいるわけでもないのに、まるでテレビの中の映像を見ているように現実感がなかった。

今自分が、極度に緊張していることがわかる。まともな状態ではない。

冷静になろうと努めているのに、荒い息が収まらず、のどが渇き張りつき、つばを飲み込むのにすら時間がかかっている。

殺さなければ殺されていた。

正しいかどうかはともかく、生きていくのであれば間違ったことはしていない。間違っていないはずだ。いや、間違っていた、殺さなければ殺されるのならば、逃げた三人全員をきちんと仕留めるべきだった。

私は、仲間のために殺す覚悟もなく、たまたま偶然人を殺したのだ。

無理やり呼吸を落ち着けようと、息を吸い込んで、その加減がわからずにむせ込んでしまう。

咳《せき》と共に息を大きく吐いたからか、ようやく体が少し動くようになった。

少し震える自分の手を見て、両手を合わせてぎこちなくすり合わせた。緊張のせいか、手のひらが酷く冷たい。そのまま力を入れ続ければ、震えは少しずつ収まっていく。しかし少しでも力を抜くとまた震えだし、それは足にも伝播《でんぱ》する。

合わせた手をそのまま口元に持っていき、少し隙間をあけて、中に息を吹きいれた。温かい呼気が手のひらを温める。目を閉じてもう一度息を吹きいれる。唾をのむ。喉が鳴る音が聞こえる。

一歩間違えていたら、今頃殺されていたかもしれない。仲間も死んでいたかもしれない。人殺しを正当化しようとしている自分に気づいて、自己嫌悪する。いや、戦う覚悟をして街を出てきたはずだ。人と戦う覚悟をして……。いや、殺す覚悟はしていなかったのか。今は何もわからない。頭が混乱している。

「ハルカ、大丈夫？」

トントンと肩を叩かれて目を開けた。コリンが横に来て、心配そうな表情で、私の顔を覗き込んでいる。心配させてはいけない。

息を吸い込んで返事をしようとしたが、うまく言葉が出ずにこくりと頷くだけにとどまった。体の震えが止まらない。情けない。

コリンが私の手を掴み、引っ張っていく。どこか他人事《ひとごと》のような感覚だが、足は自然と動いていた。大きな木の下に座らせられ、視界が突然暗くなった。

温かく、とくんとくんという音が耳に響く。背中を何かが優しくたたいている。

「あー、危なかった。ハルカが矢を受けてくれてなかったら、私にあたってたかも。ありがとハルカ。ハルカが丈夫で助かったなー」

コリンの明るい声が聞こえた。おそらく私は今、コリンに抱きしめられているのだろう。なぜだかわからないけれど、震えが少しおさまった。

「……そう、ですか」

かすれた声がでた。聞こえただろうか。

ああ、情けない。

私はただ、何もわからず、たまたま矢にあたり、たまたま人を殺してしまっただけだ。

「もう少ししたらご飯にしようね。まだ昨日の熊の肉が残ってるから、今日の夕食も豪華だよ。それを食べたら今日はもう寝よう。一緒にくっついて寝ようね、最近寒いし。たまにはギーツさんにも不寝番させたらいいんだよ」

「……そうですね」

頭を撫でられている。いい歳《とし》をして情けない。コリンの体が揺れて、笑っているのが分かった。

「ハルカの髪撫でてみたかったんだよね、やっぱりサラサラだ。……ハルカ、ちょっとここで休んでてね、目を閉じて、ゆっくりしてて」

「そういうわけには」

「いいから、はい、目は閉じた？　いい？　開けてたら怒るよ」

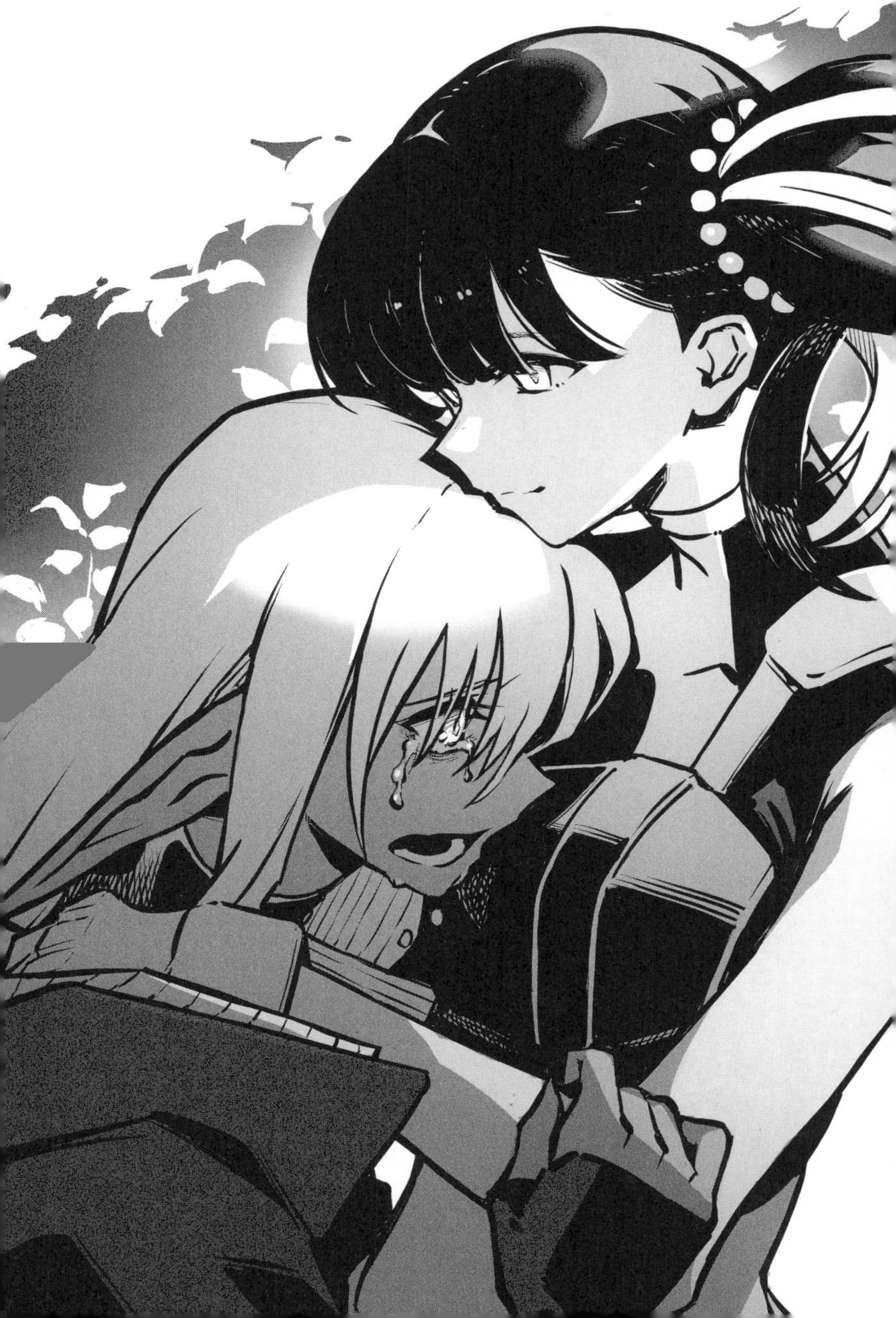

もう一度私の頭が撫でられる。なぜ目を開けてはいけないのか。わからない。試しに目をそっと開けてみると、ぽろりと頬に熱い何かが伝ったのが分かった。

顔を上げると私をじーっと見下ろしていたコリンと目が合った。コリンは笑う。笑って私の頬を引っ張った。

「開けたら怒るって言ったでしょー」

頬を抓《つね》られる。

見つめ合ってしばらく。今の状況を段々と冷静に考えられるようになった私は、まず初めに顔を手で覆って隠した。

ついさっきまで年下の女の子の胸に抱きしめられていたことにも気づき、カッと突然恥ずかしくなってしまったのだ。気づけば涙まで流している。

大人としても恥ずかしかったし、単純に女性に抱きしめられていたというのも恥ずかしかった。それと同時にそんなことも考えられないほど、ほんの少し前まで自分が動揺しきっていたことも理解した。

「すみません」

顔を上げられないままコリンに謝る。何を謝るべきなのか定まっていなかったが、感謝の気持ちも込めたつもりだ。

「何が？　もうちょっと休んでなよ」

「いえ、私も一緒に行きます」

男をつぶした木が持ち上がらずに、困っているアルベルトの姿が見える。アンデッド化を避けるためにきちんと燃やしてしまいたいのに、男を引き抜くことができないのだろう。自分の剣と死体を見比べているところを見ると、見える範囲を切断して、潰れているところは諦めようとしているのかもしれない。

剣を抜いたところで、モンタナがその腕を掴んで首を横にフルフルと振っている。

努めて冷静に、できるだけ誰が何をしているのか、今何をしているのか意識してみる。先ほどまで混乱していた脳内は、ようやく落ち着きを取り戻してきたようだ。

「……ほら、あの木、持ち上げないとダメそうなので」

「大丈夫？」

何がとは言わないけれど、立ち上がった私に寄り添うように立ってコリンが聞いてくれる。

「……大丈夫じゃなかったら、ちょっと助けてください」

「しょうがないなぁ」

その返事を了承と取り、私は歩き出した。直後何かにつまずいて、転びそうになる。慌てて足元を確認すると、ギーツが大の字になったまま地面に伸びていた。

しゃがみ込んで耳を澄ませると、きちんと呼吸しているのは確認できる。

私は、コリンと顔を見合わせて頷いて、ギーツをそのまま放置することに決めた。今は先にアルベルトたちの手伝いをしなければならない。

この短い時間で人の死体など見慣れるはずもなく、木を持ち上げるのは非常に嫌な作業だった。持ち上げて横に転がすときに聞こえてきた水っぽい音はしっかり耳に残りそうだ。

集めた死体に対して魔法でガンガン炎を焚いていく。その中に残りの三人がなんでもいいからと木を投げ入れていくと、そのうちぱちぱちという音がして、魔法を使わなくても火の勢いを保てるようになった。

広場にはまだ血の跡が残っている。げんなりとしていたが、死体が片付いたので、気分は若干上向いたか。

「あ、この火使えばいっか」

死体を燃やす炎にくべられた薪を一本取り出して、料理に使おうとするコリンを、私は慌てて止める。どうなっているのだろう、この世界の倫理観。

「ちゃんと新しいのつけますから、お願いですからやめてください」

「えぇ……、火は火だよ？」

「料理はあっちでしましょう、ね？　私が火をつけますから、お願いです」

コリンの手から薪を取って炎に投げ込み、背中を押して広場の反対側へ連れていく。

彼女ほど太い神経になるにはまだまだ時間がかかりそうだったが、私の混乱は一段落したようだった。

手早くその辺に落ちている枯れ木を集めて小さな火を作る。

隣ではアルベルトが素振りをして、少し離れたところではモンタナが木の枝でギーツを突っついていた。まだ目を覚ましていないようだ。

仲間がいつものように動いているのを見てほっとする。

誰かがもし欠けていたら、そんなことは想像もしたくない。だからといって、人を殺したことを正義だとはとても思えなかった。でも、あの場面で相手を仕留めることは、私にとって間違いではなかったはずだ。

言い訳ではない。正しかろうが正しくなかろうが、大切なものを守るためには、そうでないものを犠牲にする必要がある。ここは、それをなんとなく避けて生きていけるような平和な世界ではないのだ。

今まで考えないようにしてきた事実に、私はこの日、ようやく向き合うこととなったのだった。

七、戦果

コリンが食事を作り始めたあたりで、モンタナにつつかれていたギーツが目を覚ます。

「い、いったい私が何をしたというんだ。なぜ私を引き倒したりしたのだ！」

ギーツは目を覚まして早々、大きな声を出してモンタナを問い詰めた。モンタナは驚いて目をまん丸にしてぱちぱちと瞬《まばた》きをする。起きたばかりなのに元気だなぁくらいに思っていそうだ。

「納得のいく説明をしてもらえるのであろうな！　場合によってはギルドに訴えねばならん

ぞ」

モンタナは地面に落ちた矢を拾ってきて、腕を組んだまま睨みつけるギーツに差し出した。

「な、なんだ、私を脅すつもりか？　そんなものには屈さぬぞ」

足を一歩引きながらそう言う姿に説得力はなかったが、モンタナは彼を脅すつもりで矢を拾ってきたわけではない。指を立てて、茂みからギースの喉元に向けてその先をゆっくりと動かす。

「あそこの茂みから矢で狙われていたから、間に合わないと思って足払いしたです。倒れるのに時間がかかりそうだったから、背中引っ張ったら思ったより地面に強くぶつかったです、ごめんです」

ギーツの顔色がさっと青くなった。

「転んでいなかったら、刺さっていたのか？」

「喉にぶっすりです」

「喉に……」

ギーツは首元を手で押さえて、モンタナの持っていた矢を見つめる。

「多分元狩人《かりゅうど》だと思うです。動物用の強い弓を使ってたですから。刺さったら死んでたです。貫通して串刺しです」

「そ、そうか、それで、野盗はどうなったのだ」

「殺したです。二人逃げられたですけど」

「殺した、のか……」

背中を木に預けてずりずりと座り込んだギーツは、力無くつぶやいた。

先ほどの私よりかはきっと幾分かましだろうけれど、これで武門の家の嫡男が務まるとは到底思えない。

私はモンタナの言葉を聞いて、額を指先で撫でてみる。血も出ていなければ痛くもない。人を串刺しにするような矢が当たったというのに、随分と丈夫なことである。


食事を終えた後は、各々やることを終わらせて火を囲む。いつもはさっさと眠ってしまうギーツが今日は横にならずに一緒に起きていた。

だからっていつもと違うことをするわけではない。今日の不寝番の組み合わせと順番を決めたらあとは休むだけだ。

「はーい、私は今日ハルカと一緒ー」

コリンが最初にそう言うと、他の二人は反対することなくうなずいた。

「いいんじゃねえの。ていうかさっきハルカ調子悪そうだっただろ。今日は三人で回してもいいぜ」

「大丈夫ですよ、そんな情けないことばかり言ってられません」

「……無理すんなよな」

「ありがとうございます、アル」

アルベルトがそんなことを言い出すほど私は弱って見えたのか。気にしてくれるのは嬉しいが、心配されるのが気持ちよくなっては大変だ。ホントに、もうちょっとしっかりしたいものである。

順番も決まったところで、先に休む準備をしようと腰を浮かす。

「さっきから、いったいなんの話をしておるのだ？」

「なんのって、夜の警備の順番だよ」

毎日ぐっすり休んでいたギーツは、そういえば私たちが順番に見張りを立てていることを知らない。

「その、警備というのは毎晩行なっているのか？」

「当たり前だろ。じゃなきゃ誰が夜に近づいてくる奴《やつ》らの警戒してたんだよ」

「……それは、必要なのか？」

「お前バカなのか？　必要に決まってるだろ」

「バカではない失礼な！　しかし、その、夜は普通眠るものだろう？　起きて警備をしたところで何も来るまいよ」

あまりに現実からかけ離れた物言いに、アルベルトが絶句した。そんなアルベルトを見るのは今まで一緒に過ごしてきて初めてかもしれない。

「お前！　お前さ、今までも嘘だ嘘だって思ってきたけど、絶対に旅とかしたことないだろ！　っていうか街の外歩いたこともないだろ！　今までどうやって生きてきたんだ、ああ？

モンタナ、こいつ絶対身分偽ってるぞ、ふん縛って吐かせようぜ！」

「な、ななな何を突然言い出すのだ！　失礼なやつだと思ってきたが、今日という今日は許さぬぞ！」

二人が立ち上がって睨み合うが、モンタナは知らん顔で石を磨いている。

しかし、流石に二人が距離を縮めていくと諦めたように立ち上がって、二人の間に割り込んだ。

「喧嘩《けんか》は良くないです、お話しするですよ」

実に冷静で、普通の仲裁だ。モンタナがちゃんとアルベルトより年上なんだなと実感した瞬間であった。

コリンが「ばからしー」といって、言い争いを始めた二人を置いて焚火から離れ、私に手招きした。招かれるままに近寄っていくと小さな声で話しかけられる。

「あんなのほっといて寝よ」

「ええ……」

さっとマントをかぶって寝転がってしまったコリンだったが、私は気になってしまい、三人から目が離せない。モンタナが二人を座らせて話をさせようと、身振り手振りしているものの上手くいっていないようだった。

モンタナの視線が一瞬私の方へ向いて目が合う。

助けを求めているような視線に思えて、立ち上がろうとしたが、コリンに腕を摑まれて止められてしまった。

「もう、ハルカは今日は休まないとダメだって」

そのままぐいぐいと体重をかけて引っ張られるものだから、私は諦めてコリンの横に座り込む。

モンタナも言い争う二人が全く自分の話に耳を貸さないので、諦めてその場に座り込んで袖口から鉄のやすりを取り出していた。心なしかむくれた様子で石をゴリゴリとし始める。

本格的に殴り合いとかにならなければそれでいいだろう。モンタナが見ていれば滅多なことにはなるまい。

私はコリンの横に体を横たえて、目を閉じて休むことにした。


そうしてしばらく、うとうとし始めた頃に「いてぇ！」とアルベルトの声がした。

まさか喧嘩になったのかと慌てて目を開けて起き上がると、今度はギーツの「いたぁ！」という声が森に木霊した。

モンタナが彼らの足元で据わった目つきをしている。アルベルトもギーツも脛《すね》を押さえ地面に座り込んで痛みをこらえているようだった。

モンタナは手元にあった石をやすりでカンッとたたき割り、鼻息を荒くして二人を順に睨んだ。二人はおびえたように片手で脛を押さえたまま、もう片方の手をモンタナから距離を取るように前に突き出す。

「や、やめろモンタナ、それで脛を叩くな。邪魔して悪かったって」

「そ、そうだぞ……、かなり痛いのだ、もうやめてくれたまえよ……」

涙目の二人を遠目に見て、私は軽く笑って目を閉じた。どうやらモンタナでも怒ることがあるらしい。

八、勝手な事情

小さな話し声が聞こえた気がして、少しずつ意識が浮上する。

随分眠ったような気がするが、まだ交代の時間ではないのだろうか。最初に頭に浮かんだのはそんな考えだった。ゆっくりと目を開けると、まだ辺りは暗い。焚火の明かりだけが広場を照らす、静かな夜の時間が流れていた。

目の前にはモンタナの耳が見える。いつの間にかそのお腹《なか》の辺りに手を回していたようだ。ということは背中にくっついている温もりはおそらくアルベルトのものだろう。三人仲良く川の字の形だ。

ぼんやりとした意識の中、皆が気を遣って自分を起こさずにいてくれたことを理解した。優しさに嬉しく思うのと同時に申し訳なくなる。

ゆっくりと手をモンタナの上からどけて、できるだけくっついている相手を動かさないようにして立ち上がった。温もりが消えて寒くなったのか、ずりずりとお互いの方に寄っていくアルベルトとモンタナをみて、ささっと間から抜ける。

二人が寝ているということはコリンが一人で火の番をしているということだ。しかしそうするとさっきの話し声は？

見えた影は二人分、片方はコリン、もう片方は意外なことにギーツだった。

あの後何の話し合いがあったのかわからないが、結局ギーツも不寝番をやってみることにしたらしい。

私が近づいていくと、二人ともそれに気づいて軽く手を上げて挨拶してくれた。

「もう少し寝っててもよかったのに」

隣に腰を下ろすと、コリンが口をとがらせる。

「十分眠れました。ありがとうございます、コリン」

「ならいいんだけど」

ずりずりとお尻をずらしてくっついてきたコリンが、疑うように私を見上げる。随分と心配されているようだ。

本当によく寝た感覚はあった。休んだおかげか気分の悪さもすっかりない。

とは言っても私は、まだ対人の戦いについて割り切ることはできていない。

今日のように人に魔法を向けるような事態には遭遇したくはなかったし、そんなときが来たらまた躊躇《ためら》ってしまうかもしれない。

それでも次は、今日よりは上手くやりたい。

いつも助けられてばかりの大切な仲間たちを守りたい。そんな気持ちならば、少しは勇気が出るだろう。

焚火を眺めながらしばらくぼーっと過ごしていると、ギーツが口を開き沈黙を破った。

「私は、争い事が苦手なのだ」

唐突な告白だった。しかしまあ、そうなのだろうとは思っていた。私もコリンも、話し始めたギーツの方へなんとなしに顔を向ける。それを話を聞いてくれていると解釈したのか、ギーツは言葉を続けた。

「学問が好きでな。できれば研究職か、人にものを教えるような仕事をしたいと思っていた。でもな、貴族の嫡男というのは仕事を選べないのだ。私は国に帰ったら、本格的に軍事のことを学び、自らも戦場に立てるようにならねばならん。……そろそろ私が何故《なぜ》依頼に妙な条件を付けたのか聞きたいだろう？」

ちらりちらりとこまめに視線を向けられると、期待に応えねばならないような気持ちになる。しかし、正直なところ私は、ギーツの事情はもう聞かなくてもいいかなーと思っていた。話したいのなら聞いてあげようかな、くらいの感覚である。

「ううん、聞きたくない」

私が悩んでいる間に、コリンが真顔で返事をした。

勘違いしてもらいたくはないのだが、コリンは決して冷たい子ではない。ただ、なんというか、多分ギーツはコリンのヘイトを買いすぎたのだ。多分割と取り返しがつかない。

「そうだろう、そうだろう……、ん？　聞きたくないといったか？」

「うん、聞きたくない」

「……いいから黙って聞いてくれないか」

「話したいならもったいぶらずに勝手に話しなさいよ」

散々情けない姿を見ながら十日間も一緒にいると遠慮も何もなくなる。

冒険者なんて水商売だ。少しぐらい貴族の不興を買ったところで、その貴族のいるあたりに近づかなければそれでいい。

それくらいの適当な感覚で仕事をしているものが多かった。特級冒険者が王様をぶん殴ったという話はきっと大げさな話ではないのだろう。

悲しい顔をするギーツにちくっと胸が痛んだ私は、仕方なく話の先を促してあげることにした。

「ええ、聞かせてください。その方が仕事もしやすいかもしれませんから」

◆

ギーツは生まれると同時に母を失って、父であるフォルカー＝フーバー男爵に男手一つで育てられた。そうはいっても貴族である男爵は教師や乳母を雇っていたので、彼がしたことといえばギーツに対する剣の稽古と、一緒に食事をすることくらいだ。

ギーツは、厳しい稽古がいつも嫌で嫌で仕方が無かった。

泣いて嫌がって乳母や教師を困らせたが、一方父の前ではそんなそぶりを見せたことはなかった。そんな態度を取ったら取って食われるのではないかというくらい父親のことを恐れていたからだ。稽古の後はいつも体が痛くてやっぱり泣いて過ごしていた。

乳母や教師は母と仲が良かったものたちであったから、とにかくギーツに甘かった。ギーツは稽古なんかより断然座学の方が好きで、剣を振るうことなんて野蛮で大嫌いだった。

十歳になる頃、父であるフーバー男爵は南方にある帝国との小競り合いのために前線へ駆り出される。父の目がなくなるとギーツは自主的な稽古をサボりはじめる。

残った兵士たちと訓練を続けるように言いつけられていたのに、フォルカーがしばらく帰ってこないことを察すると、それすらもサボった。

兵士たちには父から座学に励めと申しつけられたと嘘をつき、フォルカーから兵士たちへ宛てられた手紙はこっそり握りつぶしていた。

南方戦線が落ち着くまでの五年間、前線で立派に職務をこなし、フォルカーがついに首都であるシュベートへ凱旋《がいせん》してくることが決まった。戻ってきてしばらくしたら、ギーツはフーバー男爵領へ連れていかれ、地獄のような訓練の日々が再開することが決まっている。

当然今までサボっていたことは全てバレてしまうだろう。

ギーツの精神は父を恐れていた十歳の頃へと逆行した。

いい案はないかと、自身を甘やかしてくれる乳母や教師たちに相談してまわり、出た答えが教都ヴィスタのオラクル総合学園への留学であった。

兵士たちから訓練をさぼっていたことが伝わったのだろう。ある日〈ヴィスタ〉にいるギーツの元に、父からの手紙が届く。

これから卒業するまでの間に、自分をしっかりと鍛えること、戻ってきた時にそれを確認するから決して怠ることのないように、というのがその主な内容だった。

数日間はギーツもすっかり震え上がって、まじめに訓練したものだったが、それもほんの少しの間しか持たなかった。すぐにギーツは訓練をやめていつもの生活に戻ってしまう。

もちろん送った手紙には自分がどんなに頑張っているかを書き記してあったのだが。

そうして四年間を過ごし、いざ領土に帰らなければならないという時に、父からまた手紙が届いた。手紙の内容はこうだ。

四年間の成果を確認するために御者などを雇わず一人で帰ってくること。また、戻ってきて自分と手合わせをすること。もし相応の実力を持っていない場合は、父の定めた女性と婚約させ、その女性に家の全権を委ねる。

そうして慌てて探したのが、条件を守ってくれそうな護衛の冒険者だったというわけである。

◆

「……というわけさ。全くひどい父だとは思わないかい？」

大いに脚色され、ギーツにとって都合の良いように話された内容だったが、私は今までの彼の言動を考慮した上で、真実をなんとなく想像しながら話を聞いていた。

すっかり悪者風に語られる父と、おそらくオークのような女に違いないと言われる父が婚約者に定めた女性。そして自分がいかに可哀想《かわいそう》かと理解を求めるような話し方に、私はゲンナリとしていた。話を振らなければよかった。

コリンはずーっと矢の整備をしていたが、それが終わると意味もなく水を沸かすためにその場を立ち、戻ってきてまだ話しているのを確認すると、また朝食の準備をしにいくということを繰り返す。これは私が悪い。コリンには改めて後で謝っておくべきだろう。

ふと視線を上げると、段々と空が白みはじめてきていた。随分長いこと話を聞かされていたことに気づき、私は横を向き大きく息を吐いた。

長い話は聞いているだけでも疲れるというのに、言葉の真偽を考えながら聞くというのは非常に根気のいる作業だった。朝だというのに妙な精神的疲労を感じている。

「つまり、結局のところ戦うことはできないし、旅をしたこともなかったということですね」

「そういう言い方は違うのではないかな。戦いたくないだけであって、戦えぬわけではない。それに学園に所属しているときに、可愛い娘がいると噂《うわさ》の村までは、何度も一人で行ったことがあるぞ」

それ以上何かを確認する気すら起こらずに、私はそのまま体を後ろに倒して伸びをした。朝の冷たい空気を大きく吸い込むと、少しは気持ちもスッキリする。

「うむ、それでな、もし既に婚約済みの女性さえいれば、そのオーク女との結婚は避けられるのではないかと思うのだ」

「はぁ、そうですか」

気のない返事と共に体を起こす。そろそろアルベルトとモンタナを起こそうかなと地面に手をついて立ち上がった。今日も頑張って〈シュベート〉までの距離を稼ごう。

「その栄誉ある婚約者役を君にお願いしようかと思うのだ。あ、あっちの彼女でも」

「お断りします」

くだらない話を延々と聞かされて神経がすり減っていたからか、あるいは誠実さのかけらも見られない言動のせいか、珍しく私も少し苛立《いらだ》っていたようだ。ギーツの言葉を遮って断り、そのままアルベルトたちを起こしに向かう。

結果がどうなるかわからないような作戦に、自分はともかく、若い女の子であるコリンを巻き込もうとしているのは許せない。

貴族の子弟がみんなこんなだと言うのなら、依頼を受けるかどうか、今後はよく考えた方がいいのかもしれない。


念のためギーツの身の上話をアルベルトたちに共有する。随分長い話であったことをため息交じりに伝えたところ、アルベルトから謝罪を受けた。曰く「やっぱぶっ飛ばしとけばよかった」と。今言い争いを始めたら、止める気力はないような気がする。

「まあでも、私が相手をする約束でしたからね」

そう言ってポンとアルベルトの頭に手を置き違和感を覚える。

どうも、少し前よりアルベルトの背が伸びているような気がする。育ち盛りだものなぁ。

最初に会った頃より五センチ以上は大きくなっているだろうか。今は私とほとんど同じくらいになっているから、抜かされるのも時間の問題だろう。

なんだか少し悔しいが、ちょっと嬉しくもある。

試しに隣を歩いているモンタナの頭に手を置いてみると、いつもの位置にあって一安心した。

不思議そうな視線を向けてきたモンタナに、罪悪感がわいてきて、そのまくしゃくしゃと頭をなでて誤魔化してみる。

手を離したときにモンタナがアルベルトと私を見て、ふっと鼻で笑う。どうやら何も誤魔化せていなそうだった。

山道も抜けて開けた平原を歩いていく。動物や賊が隠れられる場所もないので、警戒もあまりする必要がなく、気分はハイキングだ。

景色が変わらず退屈であるともいえるが、いつも人の倍くらい喋るギーツが今日は静かだった。

朝に冷たくあしらわれたことを気にしているのかと、気になって振り返ると、しきりに欠伸を繰り返して目をこすっているだけだった。恐らく一晩中起きていただろうから当然のことだ。

今日は宿がある村まで進む予定なので、到着すればゆっくり休むことができるだろう。ただ、そこまでは何を言おうと歩いてもらうつもりだけれど。

半分眠りながらも村まで歩き切ったギーツは食事を終えるとすぐに部屋に引っ込んでいった。

ギーツが手にぶら下げている背負い袋はいつの間にか自分たちの物と大きさがそう変わらなくなっている。

旅をするうちに、ギーツにも学びがあったということなのだろう。とはいえ、この先関わり続けたいかと言われればそれは否だった。

いつかどこかで、彼が成長して、まともになるようなことがあれば、再会してもいいかもしれない。

〈シュベートの街と武闘祭〉

一、目的地といかつい男

その後の旅は順調に、何事もなく進むことができた。

天候に恵まれたこともあって、予定通りの日程で【ドットハルト公国】の首都〈シュベート〉の姿を拝んでいる。遠くからみる〈シュベート〉は、ただの高く長い壁だったが、予定通り到着できたということ自体が、私にとっては感動的だった。

初めての旅の計画で、なかなか手のかかる依頼人を抱えて到着できたのだから、これはかなり良い成果として見てもいいのではないだろうか。

道は首都に近づくにつれて整備され広くなり、すれ違う人の姿もどんどん増えていく。段々と増えていく人々を観察していると、〈シュベート〉へ向かう人たちは、〈ヴィスタ〉にいた人たちと比べると、武器の携帯率が高い。騎士のような人から、冒険者風な人、それに刀を佩《は》いた侍のような恰好《かっこう》をした人の姿もある。

きっとアルベルトが言っていた武闘祭とやらに出場するか、観戦するために集まってきているのだろう。優雅さや、見える建築物の洗練度合いでは〈ヴィスタ〉に及ばないものの、中々に賑《にぎ》やかな様相を呈していた。

「いいか、私たちは旅の途中で知り合って、賊を返り討ちにしたときに意気投合しただけだからな。護衛ではないぞ、わかっているな？」

「しつけえな！　わかったって言ってんだろ」

ここ数日耳にたこができるくらい聞いた言葉に、アルベルトは振り向きもせずに返事した。

またアルベルトが怒っているのではないかと、私が振り返ると、背後に妙な光景が広がっていた。

後ろでたくさん歩いていたはずの人たちが皆、道の真ん中をあけて両端に寄ってしまっている。明らかに異様な光景なのに、皆が何も起こっていないかのように普通に喋《しゃべ》りながらゆっくり歩き続けているのが不思議だった。

まるで日本の車道だ。車が通るから人はひかれないために歩道を歩く。

アルベルトもモンタナもギーツもコリンも、同様に道の端にゆっくりとそれていくのを見て、私はごくりとつばを飲み込んだ。誰も何も変だと声を上げない。当然のように、道の端へ避《よ》けていく。

何が起こっているのかわからなかったが、私もそれに倣っておこうと思った直後、割れた道の真ん中を一人の男が足早に歩いてくるのが見えた。

その男は黒い髪に、意志が強そうでどこか不機嫌そうな眉、真一文字に結ばれた唇をしていた。えんじ色のコートを身にまとい、背中に人の背丈ほどもある剣をクロスさせて留めている。

腰にはさらに刀を佩き、全身には力がみなぎっているのが遠目に見ただけでわかった。筋肉質であるがスラッと背が高い。何より特徴的なのは、その眼光だった。視線だけで人を殺せるのではないかと思うほどに鋭い。

年齢はわかりにくく、二十代前半のようにも見えるし、こちらの世界に来る前の私と同じくらいの年齢にも見える。

得体が知れず、どこか恐ろしいのに、目が離せなかった。

近づくにつれてその顔の細部まで見えるようになってくるが、印象はさほど変わらない。ただ、私はしっかりとその男と自分の目が合っていることに気づいてしまった。

男の威圧感に押し出されるように、私は皆と同じくらいの速さで後ろ向きに歩みを進める。今更目をそらしたら急に襲い掛かられるんじゃないかという恐怖感があった。

男はそんなことお構いなしにずんずんと距離を詰めてくる。近くに来て目測すると、私より頭一つ分以上背が高いことがわかった。

とうとう私の少し手前までやってきた男は、片方の眉を上げて口を開く。

「お前何変なことしてんだ？　前見て歩け」

意外だった。いきなり斬りかかられるのではないかと思っていたのに、それどころかその男は私のことを心配してみせた。私が呆《ほう》けた顔をしていたからだろうか、男は鋭い犬歯を見せて笑う。

「おい、大丈夫かよ」

「あ、はい、大丈夫です」

「おう、ま、じゃあな」

気さくにそう言って男は、私を置いてどんどん先へ進む。忠告通り前を向くと、男の背中はあっというまに遠ざかり、どんどん小さくなっていった。

男が離れると左右によけていた人の波は何事もなかったかのように、徐々に元の状態に戻っていく。

「な、なんだ、あいつ」

アルベルトが私のそばにきて言葉を漏らした。見れば他の仲間たちも、じっと男の消えていった先を眺めている。モンタナの耳は伏せられ、尻尾はくるりと股の下に隠れてしまっていた。

「皆さんなんで横によけていたんです？」

私が尋ねると、アルベルトが眉間にしわを寄せながらしばらく考える。

「最初は……、自分が道の端によけてることすら気付いてなかった。でもあいつがハルカに話しかけたときに、気づいたんだよな。いきなり隣にやべぇ奴《やつ》が出てきたって。なんだあいつ、ホント、なんなんだ？」

ぎゅっと剣の柄《つか》を握り締めて、アルベルトは悔しそうに唇を結んだ。

ギーツが声を震わせながら、それでも強がって少し胸をそらしながら自慢げに話す。

「あれは、特級冒険者のクダンって人じゃないかな。武闘祭には毎年招待されている。来ない年もあるらしいけれどね」

それを聞いたコリンが大きく息を吸い込んで深呼吸をしてからギーツに食ってかかった。

「待ちなさいよ、クダンっていったら物語にも出てくるような冒険者じゃない。百年くらい前の本に書かれてるような大冒険者よ。あんなに若いはずないじゃない！」

「そ、そんなことは知らぬよ。に、二代目とかなのでは？」

すごい剣幕で肩を揺すられたギーツは、慌てて言い訳をするように答えた。

私はその特級冒険者の名前を聞いて、少しよれてきた自分のメモ帳を取り出した。ラルフに買ってもらった、革張りのあのメモ帳だ。終わりの方のページをめくり、そこの一番上に書いてある名前を確認する。

彼の名前が書いてあった。

クダン＝トゥホーク。

【不倒不屈】【首狩狼《ベヘティングウルフ》】などの二つ名をつけられた特級冒険者で、どこかの国の王様を気に食わないという理由だけでぶん殴ったといわれる、まさにその人だった。

二、目が合うと襲ってくるもの、なーんだ

「寂しくはなると思うが、私はここでお別れだ。約束のこと、くれぐれも頼んだぞ」

「うるせぇな、わかったって言ってんだろ。お前もちゃんと冒険者ギルドに報告しろよ」

そう言い残してギーツはシュベートの街の中へ消えていった。最後までアルベルトに適当にあしらわれて寂しそうな顔をしていたが、誰もそれ以上声はかけなかった。

私たちはというと、街に入るための順番待ちだ。大きな門にむかって続く行列の一番後ろに並んでいる。

横から特別待遇で街に入れたところを見ると、確かにギーツは貴族だったのだろう。とりあえずそれが嘘《うそ》でないようでなによりである。

彼が何度も私たちに約束の念押しをしたように、アルベルトとコリンが、依頼の完了報告だけはきっちり行うように散々念押しをしていた。彼が忘れることがなければ、依頼も達成ということになるはずだ。

武闘祭が開催されるまではあと数日あるらしいのだが、並んでいる人の中にはやはり腕に自信のありそうなものが多い。

この世界に来たばかりの頃の私であれば、こんな恐ろしい集団の中には入りこめなかったかもしれない。しかし冒険者ギルドの宿で暮らす期間が長くなった今は、むやみに人を恐れたりしなくなっていた。

ダークエルフが珍しいのか、いつも通り人から向けられる視線は多い。だからといって声をかけてまではこないので、気にしなければないのと一緒だ。

「街に入るのにずいぶん時間がかかりますね、なんででしょう？」

背伸びをして長く続く列の先頭を見てみようと試みたが、あちこちに背の高い人たちがいるせいでそれは叶《かな》わなかった。

「全員の身元確認をちゃんとやってるからじゃねぇの？」

「そういえばレジオンでは団体の代表が身元証明すればよかったですもんね」

その辺で肉の串焼きを買ってきたアルベルトが、肉を頬張ったまま体を傾けて先頭の方を見ようとしている。

長い行列の周りには屋台が立ち並び、まるでお祭りのような騒ぎになっている。まだ武闘祭は始まっていないのに、これだけの人が集まっているのだ。街やその周辺に暮らすものたちにとっては前夜祭みたいなもので、かき入れ時なのかもしれない。

あちこちから怒号が聞こえてきたり、その辺に気を失っている荒くれ者が転がっているような、なかなか乱暴な前夜祭だ。

血の気の多いものが集まっているため、あちこちで喧嘩《けんか》が起きて、気絶した者が量産されているようだ。

正義感溢《あふ》れるものが仲裁に入る姿も見られたが、新たな戦いに発展することもあるようだからそれも善《よ》し悪《あ》しだ。喧嘩を売った方も、買った方も、仲裁に入った方もそろって血の気が多い。

せめて目をつけられないようにしようと、私はあまりキョロキョロしないよう気を付けている。本当は屋台を見ながら歩きたいのだが、余計な争いには巻き込まれたくない。

先ほどから耳を澄ませていると、やれ目が合ったとか、やれ目をそらしたとか、まるで野生の獣のような理由で喧嘩が勃発している。もう完全にヤンキー漫画の世界である。

静かに前だけを見つめていたところ、スッと目の前に人が割り込んでくる。にやけた顔で、首だけで振り返り、私たちに挑発するような視線を向ける。文句があるなら言ってみろという ところだろうか。女子供しかいないと思って舐《な》めてかかっているのだろう。とんだ無法地帯だ。

「割り込みしてんじゃねえよ、ちゃんと並べ」

パーティで一番ケンカっ早いのがアルベルトだ。こういう時に第一声を発するのもアルベルトの役割ではあった。別に決め事があったわけではなかったが、アルベルトもそういうもんだと思っているようだ。あるいはただ短気なだけの可能性もある。

「お坊ちゃんよぉ、俺は武闘祭に出るためにここに来たんだ。ところで、よく聞こえなかったんだが、なんか文句でもあんのか？」

いくら武闘祭前とはいえ、この列に並んでいるのは武芸者ばかりではない。私たちより後ろに並んでいるものに、戦えそうなものがいないのを見て、ここに割り込んできたのだろう。

私たちの前には二メートル以上はあろうかという巨大な戦鎚《せんつい》を担いだ男が並んでいるのだが、その前に割り込まない当たり、なんだかちょっとせこい。

「耳わりぃのか？　割り込みしてんじゃねえ、ちゃんと並べって言ったんだよ」

男の脅し文句を理解してるのかしていないのか、アルベルトは律儀に同じことを繰り返した。

額には既に青筋が立っている。

「テメェ、ここはまだ武闘祭の会場じゃねぇんだぞ？　治療してくれる魔法使いなんかいねぇぜ？　足か腕なくして泣いて帰りたくなきゃ黙って引っ込んどけ」

顔を近づけてガンを飛ばす男に、アルベルトは下から同じようにガンを飛ばす。いざとなったら加勢しなければならないが、未《いま》だ私は、できれば喧嘩が始まらないことを祈っている。

「横にいる姉ちゃんに心配されてるじゃねえか、今から家帰って頭なでなでしてもらえよ」

「うるせえな、武闘祭の口喧嘩《くちげんか》部門にでも出るのかよ」

二人は黙って睨《にら》み合って、そして一瞬後、同時に右拳を相手の頬に叩《たた》きつけた。綺麗《きれい》なクロスカウンターに二人が同時によろけて、少しの距離があく。

その場でまた睨み合う二人。

戦鎚の男が冷めた視線を二人に向けて数歩前に進んだ。

進む列。

それに合わせて進む私とコリンとモンタナ。

近づいて殴り合う二人。

それを見ないようにしながら少しずつ列を詰めていく、後ろに並んでいた人たち。

「っだコラ」「やるじゃねぇか」という声と、殴り合う音が段々と後ろに遠ざかっていく。

屋台にいるおじさんたちは呑気《のんき》に「やれやれー」やら「どっちが勝つと思う？」と喧嘩を楽しんでいるようだった。周りにいる兵士たちも、またかと言わんばかりにため息をついて、一応大事に至らないよう見張ってくれているようだった。

二人とも剣を携えているのに抜かなかったのをみて、私は心配するのをやめた。

いるのだ。
武闘者の参加者は誰もが気が昂《たかぶ》っていて、こうして喧嘩をすることできっとガス抜きをして

黙って並んでいれば列はゆっくりと前に進んでいく。結局街に入るための一番の近道は、割り込むことなんかではなく、ルールに従うことであった。

三、喧嘩の成果

街の雰囲気はかなり〈オランズ〉に近いものがある。違いがあるとすれば建物の建材だろうか。〈オランズ〉は木材で作られた建物が多いが、〈シュベート〉ではレンガの建物をよく見かける。

街の中心部に目を向けると、高い塀で囲まれた城が見えた。あちこちに中から飛び道具で狙うための窓が設けられており、建物自体が大きな石を重ねて作られていた。街の家々と違って、防衛力も高そうだ。

はじめて来た街に少し気分を高揚させながら、あちらこちらを眺めて歩いてしまったが、そういえばアルベルトがまだ中へ来ていない。列に並ぶだけなので流石《さすが》に迷子にはならないと思うけれど、やや不安は残る。

待ち合わせをしてきたわけでもないので、見逃さないように気をつけなければならないだろう。

私たちは門から入ってすぐの場所にある喫茶店のテラス席で、お茶を飲みながらアルベルトが入ってくるのを待つことにした。

待っている間も、見える範囲で数件喧嘩が発生している。とにかく血の気が多いものばかりが集まっているようだ。ただ不思議なことに大怪我《おおけが》をするものはいないし、弱そうな人に絡んでいくものがいると、代わりに他の人物が喧嘩を買ったりしている。喧嘩をしたことがない私には理解の出来ない世界だが、彼らの中では何らかのルールが存在しているのかもしれない。

「わぁ、なんか仲良くなってる……」

コリンの嫌そうな声が聞こえてきて視線を追うと、アルベルトが先ほどの人物と笑って会話をしながら歩いているのが見えた。二人とも頬が腫れてるし動きがぎこちない。なんでこの人たちは、武闘祭に出る前から怪我をしているのだろうか。

「アルー、こっちー」

コリンが手を振ると、気が付いたアルベルトはなぜか男を引きつれたままこちらへ歩いてきた。

「勝手に先に行くなよなー」

「喧嘩なんかしてるからでしょ」

「割り込んできたやつが悪いだろ」

「そりゃそうだけど。で、なんでその悪い奴と一緒にいるのよ」

コリンはじろりと男を睨む。

「いや、わかんねぇけど。こいつ結構強いぞ」

「かかかっ、二級冒険者のオクタイだ。街に入る前に一発かましてやろうかと思ったら、思いのほか強いでやんの」


結局仲良くなった理由はよくわからない。おそらく当人同士も理解していないので、聞いても無駄だろう。しかし、最初に受けた意地の悪そうな印象と、今のオクタイの印象はやや異なる。浅黒い肌にぎょろりとした大きな目、それにかなり大きめな口は、明るく笑っていると悪い人物には見えない。


「いやなに、折角北方でダークエルフを拝んだから、いいとこ見せてやろうと思ったのに気づいたらいねぇしよ」

「私ですか？」


どうしてそこでダークエルフの話が出てくるのだろうか。オクタイはふざけ半分だが私の方を見て左手を突き出し、拝むような仕草を見せる。


「かかっ。俺の育った場所じゃ、ダークエルフを見るといいことがあるって言われてんだぜ」

「そんな珍しいのか？」

「珍しいってより、戦いの象徴なんじゃねぇのか？　最南端の大森林で、長いこと破壊者《ルインズ》の侵攻を抑え続けてる戦闘民族だぜ。俺らにとっちゃあ守り神みたいなもんよ！　滅多に森から出てきたりしねぇがな。なぁんで北方大陸なんぞにいるんだ？」

「まぁ、いろいろ事情がありまして」

具体的に言うと、異世界から来てたりとか、知らないうちに体がダークエルフに変わっていたとか、記憶喪失のふりをしているとか、そんな事情が。

深く突っ込まれたところで説明できることなど何もない。

「そんなことよりアル、怪我を治しましょう。武闘祭に出るんでしょう？」

私はアルベルトに手招きして、治癒魔法を使う。どうせ大会に出るのなら、万全の状態で臨んだ方がいいに決まっているのだ。私は今まで大会と呼ばれるものには何一つ出たことがないので、アルベルトには頑張っていただきたい。

実は私は、学生時代応援団というものに憧れていたのだ。詰襟に鉢巻、大きな旗を振って、声のかぎり応援をする。もしアルベルトがいいところまで残ったら、勇気を出してやってみようと思っている。

「治癒、包み、温《ぬく》み、作れ、戻せ、癒やせ、彼の肉体を。ヒーリング」

痛々しく腫れていた頬に手を伸ばし、体の復調を思いながら魔法を使う。

腫れが完全に引いたのを確認し、私は指を伸ばしてアルベルトの頬を押した。背は高くなってきたとはいえ、まだ若いアルベルトの頬は柔らかい。

「戦いの前に怪我をしてどうするんですか」

「いや、別に大した怪我じゃねぇし」

「そんなはずねぇだろ、あばらの一本くらい折ってやったはずだぜ。なぁおい、治癒魔法使えるのなら、俺の怪我も治しちゃくれねぇか？」

あばらの一本って、どう考えても重症だ。なんで平気な顔をして笑っていられるのかわからない。非難のつもりでアルベルトをじっと見ていると、ばれて気まずかったのか、アルベルトは珍しく顔をそらした。アルベルトからはあまり目を離さない方がよさそうだ。

そんなことを思いながら、オクタイが差し出してきた左手を見ると、その小指と薬指が変な方向を向いて倍くらいに腫れ上がっている。何の冗談かと思い、目をこすってみるが、そうしても見える景色は変わらない。

「……アル、これ」

「お、そうそう、剣使えないように折ってやった！　やられっぱなしじゃよくねぇからな」

全然褒めていないから誇らしげに笑わないで欲しい。

私がため息をついて、その折れた指に治癒魔法をかけようと手を伸ばしたところで肩をつつかれる。

「なんでしょう？」

コリンがにこーっと笑い、大きく頷《うなず》いて私を横へ追いやった。なんだというのだろうか。

「オクタイさん、治療代ください」

両手を差し出したコリンは、小首をかしげてかわいらしく治療費を請求し始めた。

「あの……、アルが怪我をさせたんですけど……」

「あ、そうね」

私が後ろから小声でささやくと、コリンは頷いてから、差し出した手のうちの片方を引っ込めて、アルベルトへ向けて親指を立てた。人を怪我させておいてグッジョブではない。

問題があるだろうとオクタイに謝罪しようとすると、これまたおかしなことに、オクタイは怪我をしていない方の手で、自分のカバンをガサゴソと漁《あさ》っていた。

「ちょっと待てよ。今まとまった金がねぇから……これでどうだ？」

そう言って取り出したのは、紅色をした手のひら大の何かだった。

「なにそれ？」

「真竜の鱗《うろこ》、らしいぜ。力を込めても折れやしねぇから、防具にでも使おうと思ってたんだ。売れば金貨十枚は下らねぇと思うぜ。この怪我が一瞬で治るってんなら、まぁ、出してもいい」

金貨十枚……。銭貨一枚が大体百円程度。頭の中でさっと計算してから、何の冗談だと思いもう一度指を折って数える。金貨十枚、日本円に換算すると大体百万円前後だ、間違いない。私の夏季冬季ボーナスの合計を軽く上回る額だ。

「……ホントに折れないんですかー？」

「疑ってんじゃねぇよ、試してみろ」

コリンの挑発的な言葉に、オクタイはその百万円、いや真竜の鱗とやらをポイッと放ってよこした。とんでもないことをする。

コリンは平気な顔をしてコツコツと叩いたり、両端をもって曲げようとしたりする。思わず震える手を伸ばして止めそうになってしまった。割れでもしてお金を請求されたらどうするのだろうか。

「ホントだ、硬い……」

「ほら、返せ」

手を伸ばしてさっと鱗を取り返したオクタイは、怪我をした方の手を私へ差し出す。

「ちゃんと治ったら、これで支払い。それでいいだろ」

「んん、よし、のった！　ハルカ、お願い！」

治癒魔法とはそんなにお金が儲《もう》かるものなのか。もしかして私は冒険者にならずに診療院とかを開いていた方が良かったのではないだろうか。

まぁ……、今となってはその選択を取ろうとは思えないのが、ちょっと惜しいところだけれど。

アルベルトにしたときと同じように、手の先を患部へ向けて詠唱と共に、嫌な色になって腫れた指が元のように治ることを祈る。すると、見る間に腫れが引いて行き、やがてごつごつとしたよく鍛えこまれた指が姿を現した。

「まじか……、すげぇな……」

「毎度あり！」

驚いた顔で呟《つぶや》いたオクタイの手から、コリンがパッと真竜の鱗を奪い取る。オクタイは一瞬文句を言いたげに口を開いたが、治った方の手を握ったり開いたりしてから、がりがりと頭をかいた。

「ま、安いもんだぜ」

「……安かったかな？」

「おう、安いな！　俺は二級冒険者だぜ。この指が治るのを待って、鍛えなおす時間を思えばな」

それを聞くとコリンは「あー……」と言って私の方を振り返る。

「ごめんハルカー。もっと値段釣りあげられたかも……」

「……いえ、気にしてませんからね？」

嘘でも慰めでもないのだが、コリンは本気で悪いことをしたと思っているようで、すっかり肩を落としてしまった。

まぁ、私の一年分の賞与以上の額を一瞬にして稼いだわけで。落ち込まれると私の方が落ち込んでしまいそうになる。私が暗い気分になる前に、早く元気になってもらいたいところである。

四、知りません

「そうそう、それ一枚じゃ大したもん出来ねぇけど、もし加工するならいい防具屋探したほうがいいぜ。この国だったらマルトー工房ってとこが腕が良いんだが、あそこはちょっとな……」

その名前に私たちはそろって首を傾《かし》げ、モンタナの方を向いた。モンタナは素早く左右を見てから、どちらを向いても誰かと目が合うことを確認して天井を見上げた。

「なんだお前らいきなり黙り込んで。……ん？　んん？」

今まで静かに気配を消していたモンタナに気付いていなかったのか、オクタイはじーっとモンタナの顔を見つめて、眉をひそめる。モンタナは首を大きく反らしてまったく目を合わせようとしなかったが、やがてオクタイは指をさして大声を上げた。

「あっ、マルトー工房のちび！」

「うるさいです。嫌いです」

モンタナは前を向くと、むすっとした表情で、珍しく直情的に言い返した。尻尾が真っすぐに立ち上がって、ぶわっと大きく膨らんでいる。

「お前気づいてたなら何か一言くらいあってもいいだろうがよぉ」

「……知らない人です、誰ですか」

「しらばっくれるんじゃねえよ！」

再びそっぽを向いたモンタナは、私の背後まで歩いてきてオクタイからの視界を遮った。

人と喧嘩をするようなことなんて滅多にないのに、なんとも珍しい。

ただ私は、これほど頑《かたく》なに拒否している相手と、無理に話させようという気はなかった。隠れたいなら隠れていたらいいと思う。

「モンタナのお父さんの工房なら、後で詳しく聞けばいいですね」

「……そいつ昔から俺のことだけ避けやがる。なんだっつーんだよ」

「モン君普段はこんなことないんだけどなぁ」

コリンが言外に、お前いったい何したんだとオクタイに視線を送るも、彼が気づく様子はない。おそらく本人は、意味もなく避けられていると思っているのだろう。かなり不機嫌そうだ。

「まぁいい。あぁそうだ、アルベルト、明日には選手登録済ませておけよ。冒険者ギルドでも受付してくれるはずだからな。次は武闘祭で勝負するとしようぜ」

「おう、望むところだ！」

モンタナとの関係は劣悪だが、それでも喧嘩で芽生えた友情は健在らしい。二人は突きだした拳をぶつけ、不敵に笑いあう。

喧嘩好きにしか通じない絆《きずな》があるのだ。すでに青春を終えてやや干からびている私には、もはや縁のない絆だ。全然羨ましくはない。

オクタイが踵《きびす》を返して去っていくのを、モンタナは私の背後から顔だけ出して確認していた。とても失礼な話であるが、そうしているとまるで幼子か怖がりの動物のようだ。見ていてとてもかわいらしい。

ただその姿をじっと見てばかりはいられない。

「それじゃあ、アルも合流しましたし、宿を探しに行きましょうか。どっちに行ったらいいんでしょうね」

街の案内人がいない場合、旅の冒険者はあまりのんびりとばかりはしていられない。できれば日が暮れる前に宿を探して予約してしまいたい。特に武闘祭が迫っているので、時間が経《た》てば経つほど、空いている宿は減っていくことだろう。

「こっちに宿あるです。昔来たことあるですよ」

そう言ってモンタナが指さしたのは、オクタイが去っていった方とは反対側。おそらく偶然だろう。

先導するモンタナについて行くと、やや人ごみが落ち着いて、肩を怒らせて歩いている人も少なくなってくる。どちらかと言えば地元の人が利用するような地域にも見えるが、そこを抜けると、確かに宿屋が立ち並ぶ地帯へたどり着くことができた。

その中でも見た目が派手そうでない宿を選んで中へ入ると、運がいいことに二人部屋を二つ確保することができた。私たちが予約を終えたところで、宿の前に『満室』の札が下げられる。

二人部屋が二つ。どうやら今晩からも、私はコリンと同室になりそうだ。これはもう、慣れるしかないことなのだろう。

部屋に荷物を置いて、アルベルトたちの部屋へ向かう。明日以降の予定なんかを決めるのに、全員一緒にいないと不便なのだ。

窓の外を眺めていると、夕暮れになるにつれてたくさんの人が宿を探してうろつくようになった。モンタナがこの辺りのことを知っていなかったら、私たちもあの中に仲間入りしていたかもしれない。

明日からの予定や武闘祭の日程の話をしてしばらく、会話が途切れたところでアルベルトがおもむろに口を開く。

「んでモンタナ。お前何でオクタイのこと知ってんの？」

モンタナは石にやすりをかける手を止めて、天井を見上げる。少しの間黙り込んでから、モンタナはため息をついて語り始めた。

「小さなときに、あの人が冒険者と一緒にうちの工房にきたことがあったです。勝手に付きまとっていただけで、冒険者の人は迷惑そうにしてたですけど」

そうしてはじまったモンタナの話は十年ほど前までさかのぼった。

◆

モンタナが育ったマルトー工房は、モンタナの父を筆頭に沢山の腕のいい鍛冶師や職人を抱えている。そのため、オーダーメイド品を求めて多くの冒険者が滞在していくのだ。

モンタナは幼い頃から工房に顔をだし、やってきた冒険者たちの自慢話、つまり冒険譚《たん》を聞いて育った。

段々と冒険者稼業にあこがれを持つようになったモンタナは、冒険者が滞在している間に、戦う技術を見せてもらい、時に教えてもらって育った。鍛冶師になるか、冒険者になるか悩んでいたが、どちらも中途半端な気持ちではなかった。

小さなモンタナが教えを乞う姿はかわいらしかったのだろう。それに騙《だま》されて、いそいそと技術を伝えた冒険者は驚く。モンタナの吸収の早さに。言葉で説明できないような技術を、勝手に理解するその才能に。

一部の冒険者は気味悪がったり、恐れたりしてモンタナに近寄らなくなったが、それ以上に多くの冒険者が、面白がって、あるいは本気で弟子に取ろうと、モンタナに技術を伝えた。それぞれの理由はあれども、モンタナはそうして一流の冒険者たちの教えを身に付けてきたのだった。

ある時、一人の冒険者が、生意気盛りの少年を連れて工房にやってきたことがあった。

その冒険者は少年のことを鬱陶しく思い相手にしていなかったが、少年は弟子にしてもらおうとしつこかった。しかもその冒険者に寄生するように、宿代や飲食代まで払わせていたそうだ。何か事情があったのか、その冒険者がお人好《ひとよ》しだったのかはわからない。

その少年こそがオクタイだった。

オクタイは、他の冒険者や自分が師とするつもりでいる冒険者が、モンタナをかわいがるのが気に食わなかった。こっそり意地悪してやろうとしていたが、モンタナはそれを察してオクタイから逃げてまわっていた。

鍛冶屋の夜は賑やかだ。多くのドワーフは仕事をしていない時は酒を飲んでいる。水を飲んだらその倍量の酒を飲むのが健全なドワーフなのだから仕方ない。

その夜も彼らは仕事を終えて大いに騒いでいた。

そんな時、オクタイは大きな声でモンタナに問いかけたのだ。

父親がドワーフなのに、何故《なぜ》お前は獣人なのか、本当の親子じゃないんじゃないか、と。

当時幼かったモンタナは大いにショックを受けた。モンタナはその頃まで自分のことをちょっと変わったドワーフだと思っていたのだ。

あとでそれを知ったモンタナの父は激怒した。モンタナの父は普段から赤ら顔で、仏頂面をしているものだから、その機嫌はモンタナと母くらいしかわからない。

そこまで怒っていることに気付いていなかったオクタイは、他の冒険者たちに小突き回されて、モンタナの父のもとに謝りに来た。

しかし怒りが収まることはなかった。

モンタナの父はオクタイの顔を見るや否や壁にかけた戦槌《せんつい》を取り、鼻先すれすれに思いきりそれを振り下ろした。そして静かな、しかし厳かな声で、二度とマルトー工房の敷居を跨《また》がぬようオクタイに伝えた。

◆

話を最後まで聞いてみれば、モンタナがあんな態度をとっている理由がよくわかった。

「いるよな、そういう空気が読めないやつ」

アルベルトの一言に、コリンとモンタナが一斉に振り向いたが、本人は剣の整備をしていて気づかない。

口を滑らせてしまう、というか後先を考えずに言葉を口にしてしまう人は一定数いる。

正直で付き合いやすい面もあるのだが、まぁ、善し悪しだ。モンタナの件についてはそれが最悪の方向へ振り切れてしまった形だろうか。

逆に私なんかは考えすぎたあげくに何もできないタイプだ。気づけばチャンスを逃していることが多い。瞬発力が足りないのだ。これぱっかりは昔からなので、年を取ったせいに出来ない。

オクタイやアルベルトのような素直な性格は羨ましくもある。しかしまあ、何事もバランスが大事だということだろう。

五、参加登録

アルベルトは早く登録しに行きたそうにしていたが、一人で行くと迷子になるので、その日は我慢してもらった。どうせ外に出るのならば観光もしたかったので、翌日みんなで行こうということになったのだ。

私たちは武闘祭に出る予定がないので気楽なものである。

そんな経緯があって、朝早くに叩き起こされた私たちは、軽い朝食を体に詰め込んで街に繰り出しているわけである。モンタナなんかは、食事している間もほとんど目が開いておらず、未だ片手にサンドイッチを持ったまま歩いている。

どこに何があるかが分かっていそうなモンタナがそんな状態だから、私たちは街の人に尋ねながら冒険者ギルドへ向かうことになった。

段々と街は人が多くなり、賑やかになってくる。確実に冒険者ギルドは近づいてきているが、私は半分くらい既に観光気分だ。香辛料の強い匂いがあちこちから漂ってきて、朝食を食べたばかりだというのに、食欲がそそられる。

「ハルカってさー、美味《おい》しいもの好きだよね」

「そうですか？　そんなつもりはないんですが」

「ふーん、後で何か一緒に食べにいこうか」

「あ、いいですね」

少し浮かれた声が出てしまったような気がして自省する。あまり食い意地が張っていると思われるのは恥ずかしい。

しかし、それにしてもかなり楽しみだ。

ヴィスタの街はパスタ系の食事が多かったが、こちらでは肉料理が良く目につく。棒に肉を巻き付けている姿をよく見るが、昔あんな映像をテレビで見たことがある。

なんという料理名だったかはとんと思い出せない。老化現象だろうか。

「ハルカ、道あってんのか？」

そわそわしているアルベルトが尋ねてくるが、恐らく間違ってはいないはずだ。この長い商店街を抜けて少し先に行った場所にあると聞いている。

武闘祭当日までは今日も含めてあと三日ある。

コリンなら依頼を受けようと言い出してもおかしくないのだが、今回はのんびり過ごすと決めているようだった。ギーツの依頼による収入もあったし、昨日オクタイから貰《もら》った真竜の鱗もある。コリンがのんびり過ごそうと思うくらいには懐が温かいのだろう。

私はなぜだかこの年になってお小遣い制にされているので、今どれくらい自分がお金を持っているのか実はよくわかっていないのだ。帳簿をたまにコリンに見せてもらうと、結構な額が貯《た》まっているようだったので、あまり心配はしていないのだけれど。

そうこうしているうちにようやく冒険者ギルド付近までやってくることができた。冒険者や武芸者らしき人物が増え、ギルドの外ですら彼らが牽制《けんせい》し合っている。

いつ絡まれるのかと緊張しながらギルド内へ入っていくと、長い列ができているのが見えた。その列の先頭には武闘祭参加受付とかかれた紙が貼ってある。一つだけ通常営業している受付があるようだが、そこに座る女性は暇そうに列に並ぶ人を眺めていた。

アルベルトが満面の笑みで列に並んだので、私たちは一度ギルドの端による。並んでいる人々には、あちこちから冷やかしや挑発の声が飛んでいる。武闘祭に出場するわけでもないのに、無駄に気性の荒い人たちから注目を集めるのはごめんだ。

端に寄って列を前から観察していく。すると中には、なぜ並んでいるのかわからないくらい、怯《おび》えた顔をしている少年がいた。主にヤジを飛ばされているのは彼のようだ。

その隣の列には、これもまた背の低い人物が並んでいる。しかし彼女は少年とは違ったふてぶてしくも堂々とした態度である。

修道服のようなものを纏《まと》ったその女性は、まずその背中に異様な武器を担いでいる。棘《とげ》の生えた鉄の棒。それは彼女の背丈ほどもあり、例えるのならば、物語に出てくる鬼が持つ金棒のような武器だった。

口元に寄せられた左手には、妙な棘のついたグローブを着用しており、指の間には紙巻きのタバコが挟まれている。少年に向けられるヤジが鬱陶しいのか、声の大きい人物がいる方を一度じろりと睨みつけたところで、正面から顔が見えた。

アーモンド形の三白眼に小さな鼻と、やや薄い唇。幼く見える顔立ちの整った美女であるのに、顔には深い傷が二本交差して刻まれている。左の目じりをかすって顎まで一本。額に左から右に真っすぐ一本。

さらに眉間には深いしわが刻まれており、かなり気難しい人物であることは一目でわかった。女性よりもはるかに体つきの良いはずのヤジを飛ばしていた男が、一睨みされただけで息をのんで黙り込む。

そんな光景を何度か見た。睨まれたあと、殺気立ったものが歩き出そうとすることも何度かあったが、一緒にいた仲間たちに何事かを言われて止められていた。彼女は足を止めた男からは、興味がなくなったとばかりに目をそらす。

そうしているうちに、女性は受付を終えて列を外れた。アルベルトの番ももうすぐだ。

受付から真っすぐ、つかつかと冒険者ギルドの出口へと向かった女性は、その中心付近でおもむろに足を止める。私たちが待機している場所のすぐ前だ。何か気に障ることでもあっただろうか。

女性は一度じろりと私の方を睨んでから、スッと右腕を上げて壁際にいる男たちを順番に指さし始める。そして、ぷっと咥えていた煙草《たばこ》を床に吐き捨てて、靴の踵《かかと》で踏みにじる。

「お前とお前とお前とお前、喧嘩も売れねぇのかよ、雑魚の玉なし共が」

そのお顔に似合うような似合わないような暴言を吐きだして、彼女は挑発するように歯を見せて笑った。

武闘祭に出場しようかという男たちだ、腕に自信はある。

堪忍袋の緒は、当然短い。

私はモンタナとコリンと共に、そっと壁際に寄った。四方から男たちが飛び出してきて彼女に襲い掛かる。

彼女は背中の金棒を抜いて、手首だけでくるくるとそれを回す。その辺に落ちている枝ではない、金属で作られた棒だ。その先端が一度地面にたたきつけられると、床がミシリと嫌な音を立てた。

「やればできんじゃねぇか」

金棒が鈍い音を立てて空気を裂き、肉を叩く音がギルド内に響く。

ほんの数瞬の間だった。とびかかった男性たちは、あるものは意識を失い、またあるものは血を流して元の位置まではじき返されていた。

女性は舌をベロンと出して、中指を立てる。

「でも残念、雑魚は武闘祭に参加すんじゃねぇぞ」

最後に倒れた男たちを鼻で笑って、女性はそのまま冒険者ギルドから出て行った。展開の速さに、仲裁に入ろうとしたギルド職員も途中で足を止めてしまっている。

「いやー……、すごいね」

「嵐のような人でしたね……」

我に返った仲間に介抱されている男たち。なんというか、圧倒されてしまった。

私と同じような気分の人が大勢いたのか、しばらくはお葬式のように静まり返ってしまった冒険者ギルドだったが、少しずつ新しく人が入ってくるにつれ、元の活気を取り戻していく。

しばらくして、出場登録を終えたアルベルトは、まっすぐ私たちの方へやってくる。何やら興奮しているようで、大股で早歩きだ。

「なぁ、さっきすげえ強い奴いたな。あいつも出場するんだよなぁ！」

「あの、修道服の方ですよね」

「おう、負けてらんねぇよな。おい、モンタナ、訓練付き合ってくれよ、訓練！　あっちに訓練場あるんだってさ」

「いいですよ」

そう答えてからモンタナが私たちの方をうかがう。おそらく先ほど私とコリンが街で食事をするという話をしていたのを思い出したのだろう。

「それじゃ、別行動かなー」

「おう、適当に訓練して夕方には戻るから！」

アルベルトはそう言ってすぐに訓練場があると言っていた方へ歩き出してしまう。そちらに本当に訓練場があるのかはともかくとして、私はアルベルトの背中に声をかけた。

「喧嘩とか怪我とかしないようにしてくださいね」

「おう！　したら治してくれ」

返事をきかずに走り出したアルベルトをモンタナが追いかける。

しないようにと言っているのに、したときの話をするとはどういう了見だろうか。とはいえ、もし怪我をして戻ってきたら治してしまうのだろうけれど。こういう甘やかしがもしかしたら良くないのかもしれない。

「大丈夫でしょ。ほらハルカー、ご飯食べに行くよー」

そうだった。折角コリンが乗り気なので、一人じゃ中々いかないようなお店にも入ってみたい。

日頃の感謝も兼ねて、高い店に入って、私の貯金から支払いをしてもらおう。

そんなことを思ってから、ふと我に返った私は思うのだった。なんだかちょっと情けないので、今度からお小遣い制じゃなくしてもらえないだろうかと。

六、会食

冒険者ギルドを出て街を歩く。

しばらくすると先ほどと同じように、鼻腔《びこう》をくすぐる良い香りが漂ってくるようになり、自然と足取りが軽くなる。

武闘祭の出場者っぽい人や、観光に来た人を避け、店を開いている人に良いレストランがないかを尋ねてみる。流石に飲食店を経営している人に尋ねるのは失礼なので、そうでないところを選んでだ。

幾人かに尋ねて戻ってくると、コリンがにこにこと笑って私のことを見ている。

「あの、何か変ですか？」

「ううん、別に。ハルカってちょっとかわいいとこあるよね」

「……そうですか？」

私の今の見た目が整っていることは否定しないけれど、かわいいとなるとまた別の話だ。そういうのはコリンとかモンタナみたいな見た目の子に言うものである。あるいは、内面からにじみ出てくる何かを指すのではないだろうか。私からにじみ出てくるのは、四十数年の苦い歴史だけだ。多分かわいいとは程遠い。

そんなことはともかく、地元住民からお勧めの店を教えてもらった。すぐ近くにあるようで、今いる場所からでもその門が見える。食事を提供する店に門があるなんて、きっと大層お高いのだろう。正直ちょっと気が引けてしまう。

「ハルカハルカ」

脇腹をつつかれてわずかに身をよじると、コリンが笑っていた。

「なんでしょう？」

「あの店にしよ？　今さ、二人しかいないしたまには贅沢《ぜいたく》しちゃおうよ」

「かなりお高そうですけど」

「はいはい、いいから入るよー」

コリンに手を引かれて立派な門をくぐると、中から扉が開いて迎え入れられる。

中には絵の具がたくさん使われた何が描かれているのかわからない絵画や、物を入れるのにはやや不安定な陶器などがぽつりぽつりと置いてある。きっとこれはセンスのある配置というやつなのだろう。私にはわからないけれど。

扉一つ一つの前に礼服の店員が立っている。あれはきっとその部屋専属の店員さんなのだろう。これは高い。間違いなくお値段が高いけれど、その分期待感もすごく高い。

「いらっしゃいませ。失礼ですがご予約はされてますか？」

「いえ、していません」

「では、どなたかのご紹介はございますか？」

コリンと顔を見合わせる。

どうやら紹介が必要なレベルの高級店だったようだ。仕方ないですね、しょうがないね、と目でやり取りをする。期待が高かった分残念ではあるが、無理に押し入るわけにはいかない。

「ないと……、ダメなんですよね？」

「申し訳ございません」

対応してくれている店員さんは、嫌味なく本当に申し訳なさそうな表情で頭を下げてくれた。ルールを知らずお金も落としていない相手に対して、何と丁寧なのだろう。いつか紹介をして貰って来てみたいものだ。

一時退散するために振り返ると、扉が外から勝手に開けられる。そうして入ってきた人物を見て、私は体を硬直させた。

「……ん？　ああ、後ろ向いて歩いていた女」

私は無言で頭を下げる。

シュベートに入る前に出会った特級冒険者、クダンがそこに立っていた。

隣には、ぴしっとした軍服を纏った男性が並んで立っている。クダンより少し背が低いものの、全体的な分厚さはそれ以上にあるように見えた。

コリンが私の袖をつかんで、緊張した面持ちで固まっている。確かに迫力のある人だが、昨日声をかけてもらった時は、そこまで怖い人ではなかった。とはいえ彼は恐ろしい二つ名を持つ特級冒険者だ。私にできることは、彼が今日も穏やかであることを祈るだけである。

「なんだ、もう帰るのか？　昼めし食うの早いな」

「いえ、紹介がないと入れないらしく、出直すところです」

「ふーん……、ここで飯食いたいなら一緒に入るか？」

「いえそんな、ご迷惑をおかけするわけには……」

「遠慮すんなよ、二人追加で」

遠慮をしているわけではない。危険人物に関わりたくないだけなのだ。

店員にどうか拒否してくれないかと願って視線を送る。店員はその視線に気づくと、ニコッとさわやかに微笑《ほほえ》んだ。

「ご紹介いただけて我々としても嬉《うれ》しい限りです。どうぞご案内いたします」

恐らく百点満点の対応だろう。食事の味が分かるといいのだけれど。

案内されて同じ部屋の同じテーブルについても、私たちはなお緊張している。クダンと連れ立ってきたおじさんは、やれやれとでもいうように微笑んでいる。

どこの馬の骨とも知れぬ冒険者を、勝手に二人も同席させられたのだ。ちょっと待ったと割って入ってくれてもいいのだけれど。

個室のテーブルにはメニューが置かれていない。私が目を彷徨《さまよ》わせていると、軍服の男性が口を開く。

「待っていれば勝手に食事が来るんだ。注文制ではなくてね」

「あ、そうでしたか。失礼しました」

恥ずかしい。手を膝の上において、私は視線を下げた。私の気持ちを察したのか、私でない方のおじさんがそのまま話を続けてくれた。

「さて、挨拶くらいしておくとしよう。私はフォルカー＝フーバー。ドットハルト公国の貴族の端くれだ。先日陸爵《しょうしゃく》されて子爵と相成った。そちらのお名前を伺っても？」

「五級冒険者のコリン＝ハンです」

「四級冒険者のハルカ＝ヤマギシと申します」

「……ハルカさんにコリンさんか。……もしやうちの馬鹿息子の護衛をしてきてくれた冒険者かな？」

名前を聞いた瞬間そんな気はしていた。

フォルカー子爵は、あのギーツの父親で間違いないらしい。

誰にも話していないはずなのに護衛をしていたこともどうやらばれている。とはいえ契約でそれは話さない約束だ。答えに窮《きゅう》してしまう。

私はどうやら貴族を誤解していたようだ。ギーツがあんな調子だったので、その父親ももうちょっと抜けた人物だと想像していた。

「ああ、いいんだ。詳しいことはもう知っている。あの馬鹿息子にはお灸《きゅう》をすえておいたから安心してくれ。契約の報告もすぐにさせた。今思えば、たった一人の息子だと甘やかしすぎたのだな」

フォルカー子爵は苦々しい表情を浮かべ、ため息をついた。

ギーツから聞く話では、堅物で理不尽なイメージであったが、対面してみるとそのような人物には見えない。無骨な雰囲気はあるが、話せば通じそうな知的な雰囲気がある。

「……どっかで見たことあると思ったらあのなよっちいやつ、お前の息子かよ」

「お恥ずかしい。どうやらサボってばかりいたようですから。これから手元において厳しく指導をしますよ」

そんな話をしていると前菜が運ばれてくる。

フォルカーは店員が退出するのを待ってグラスを持つと、腕を前に突き出した。

「続きは食べながら話すとしましょう。恩人との食事に、新しい出会いに乾杯」

「お前は相変わらず堅苦しいんだよ」

文句を言いながらもクダンがグラスを持ったのを見て、私たちもそれにならう。

緊張していなければならない場ではあるのだが、私は運ばれてきた前菜が気になって、気もそぞろになっていた。

薄くスライスされて、焦げ目をつけられた固めのパンからは、ガーリックのような良い香りが漂ってくる。横にいくつかクリームソースが盛られている。おそらくディップして食べるのだろう。

私はグラスを軽く打ち合わせた後、二人が食事に手を伸ばすのを待ってからパンをつまんだ。クリームをつけて齧《かじ》ると、サクッと音がして、口の中にやけたパンの良い香りと、ほのかな豆と胡麻《ごま》の香りが広がる。オイリーなクリームがパンとよく合っている。こういうのを、上品な美味しさというのだろう。

前菜でこれだけ楽しめるのだ。これから出てくるものへの期待に胸が高鳴るのも当然のことだろう。

一緒にテーブルを囲んでいる人物は特級冒険者と公国の貴族だ。しかし美味しい食事を緊張のために楽しめないのではもったいない。

美味しい料理にも失礼である。

他愛もない雑談をする男たち二人をおいて、私とコリンは黙々と食事をしていた。

出されるものは全て美味しく、スパイスが絶妙に使われていた。

元の世界における中東の料理に近いだろうか。

スープ状ではあったがカレーのようなものが出てきて、私は大いに満足していた。これのスパイス感を少しずつ抑え、とろみをつけて米を用意すれば、日本のものに近いカレーライスを作れる気がする。

久しぶりに食べてみたいものだ、少し甘い、レンジでチンするだけで食べられるあのカレーを。

「そういえば、君は武闘祭にでるのかな？」

私がどこか遠くへ意識を飛ばしていると、突然フォルカーから話を振られる。

なぜ君たち、ではなく、君、とフォルカーは問いかけたのだろうか。そんな疑問がわいたけれど、長く待たせるのは失礼かとすぐに質問に答える。

「いいえ。仲間が一人出る予定です」

「そうか、残念だね。出場したらいい結果が残せるだろうに」

「なぜ、そう思うんですか？」

手合わせしたわけでもなく、戦う様子を見せたわけでもない。ギーツから話を聞いていたとしても、そこに出てくる名前は私ではないはずだ。

「だって君、クダンさんが歩いてくるのに避けずに会話をしたんだろう？　いい度胸をしている」

「余計なこと言うんじゃねぇよ」

フォルカーは恐らく、あの不思議な現象の話をしている。クダンが最初に現れたとき、人々が道の端に避けていったあれのことだ。

「あれは、なんなんですか？」

尋ねると、悪戯《いたずら》っぽく笑ったフォルカーがクダンへ目配せをする。

「……顔が知られてるから、威圧かけてどかしてんだよ。見つかると面倒ごとが多いからな。でも異常に鈍感な奴とか、ちゃんと実力のあるやつ相手だと効かねぇんだよ。お前がどっちだかは知らねぇけど」

「あー……、鈍感な方かもしれません、お恥ずかしながら」

クダンはふっと噴き出すように笑う。笑っても凶悪な顔をしているが、そこに嫌味な表情はなかった。

「じゃ、そうかもしれねぇな」

「どうせ面倒ごとになったら殴って済ませるじゃないですか」

「お前も殴られてぇの？」

「いいえ」

じろりと睨まれたフォルカーはしれっと断る。

ここで手が出ないあたり、やはりクダンという人物は考えなしの乱暴者というわけではないのだろう。

コリンはずーっと静かにクダンの様子を窺っていたが、やがて勇気を出したのか、姿勢を正して口を開いた。

「あ、あの！　クダンさんって、真竜と戦ったことがあるって本当ですか？」

「あるな」

「勝って尻尾を切り落としたっていうのは!?」

「あるけどな。あいつら丈夫だからどうせまた生えてくるからな？」

何故か言い訳をするように答えるクダン。尻尾を切ったことを、悪いことだと思っているのだろうか。

それにしても、真竜の尻尾というのは切り落としても生えてくるのか。竜はトカゲに似ているが、そんなところまで似ているらしい。

「あいつらほっとくと腕も足も角も、気づいたら生やしてるからな」

腕も足も角も斬ったことがあると言ってるのと同じだ。

しかしこの男は、功績を自慢したわけではなく、だから多少傷つけても大丈夫ということを説明しているようだった。

神子《みこ》であるサラによれば、いつか私と彼女は巨大な竜と対峙《たいじ》することになるらしい。私はそんなプラナリアのような生き物と戦わなければいけないのだろうか。できればその予知夢は外れて欲しいものだ。

私が深刻に事を考えている間、気づけばコリンは大興奮だ。やや頬を上気させ、子供のように目を輝かせている。

「じゃあじゃあ！　ディセント王国の王様を殴ったって話も本当ですか!?」

「……おい、こいつ急に元気になってきたな、なんとかしろよ」

話している内容はさておくとして、私に助けを求める姿は、その辺にいる青年と大して変わらない。ただ目つきが悪く、背が高いくらいで、噂《うわさ》で聞くような恐ろしい特級冒険者には思えなかった。

こういう冒険譚みたいなのは、アルベルトの領分なのかと思っていたけれど、どうやら思いのほかコリンも好きみたいだ。

最初は怖がっていたはずなのに、行けると思ったとたんに目を輝かせて質問攻めをし始めた。聞きたいことを我慢していた分、話し出したら止まらなくなってしまったみたいだ。

私は申し訳なく思いながらも、小さく頭を下げてその視線を受け流した。どうなることかと思ったが、クダンはため息一つでそれを許してくれたようだった。

「本当だけどな、意味もなく殴ったわけじゃねぇよ」

「竜の獣人のお姫様を助けるためで、その後結婚したって本当ですか！」

「してねぇよ。助けたのは女じゃなくて男だ。ちょうど今この街に来てるぞ」

「なんだぁ……、ロマンチックな話だと思ってたのに……」

「聞いといてなんだとはなんだお前」

クダンは不機嫌そうにテーブルに肘をついてコリンを睨む。しかし一度慣れてしまったコリンはもう怯《ひる》まなかった。

尋ねたいことがまだまだあるのか「あとはあとはー……」と言いながら次の質問を考える。楽しそうで何よりだったが、クダンは大変そうだ。

そんな面倒な状態になったコリンが相手だというのに、クダンは文句を言いながらも、聞かれたこと全てに律儀に答えてくれるのであった。

「あー、やめだやめだ。俺この後予定あるんだった。続きはまた今度会った時にな」

それから三十分近く、コリンの「じゃあ」を繰り返され続けて、クダンはついに音を上げて立ち上がった。長いことよく付き合ってくれた方だろう。クダンへのイメージが変わるのには十分すぎる時間だった。

結局人なんていうのは出会って話してみないとどんな人物かわからない。最初に偏見を持って接してしまったことが恥ずかしい。

「店への紹介に、こうして話に付き合っていただいたこと、ありがとうございます。特級冒険者というのはもっと恐ろしい存在だと思っていました。失礼な態度もあったと思います。申し訳ありません」

自己満足かもしれないと思いつつも、クダンへ感謝と謝罪の言葉を贈る。

「……特級冒険者だって他の人間と変わらねぇよ。だから関わらない方がいいやつも確かにいる。警戒するのは間違ってねぇ。俺だって胸はって自分が危険のない人間だなんて言わねぇ。むしろ特級冒険者なんて変人の集まりだと思っておくべきだ、認識を改めるな。得体のしれないやつら、くらいに思っておけ」

クダンは難しい顔をして言葉を選びながら私に告げる。他人を気遣える人間独特の葛藤。あまり怖がらせすぎないように、しかし警戒を怠らないように、加減を考えながら話してくれているのだろう。

クダンは見た目ほど大雑把な人物ではない。きっとかなり繊細な性格をしている。

ああ、折角だから、今度アルベルトやコリンに、本を貸してもらおう。クダンが出てくる冒険譚を読んでみたい。

「ありがとうございます、気を付けます。でも私は、あなたが優しい人であるように思いました」

振り返らずに部屋から出て行こうとするクダンの背中へ、フォルカーがしたり顔で言葉を投げる。

「良かったですね、理解者が出来て」

「うるせぇ」

それだけ言い残すと、クダンはさっさとその場から立ち去ってしまった。

コリンがそれを見送って嬉しそうに笑う。

「冒険者はさ、やっぱりああじゃないと！」

「なんか、ちょっとわかった気がします。皆が冒険者に憧れた気持ちが」

「でしょ、でしょー？　ただ暴力的なのは違うんだよ。勘違いしてる人も多いけどさ！」

興奮しているコリンの話はとまらない。途中でフォルカーは笑いながら帰ってしまったが、その後も追い出されるようなことはなかった。

しばらくして、話を続けるコリンを引っ張って、支払いをしようと店員へ声をかけたところ、店員は相変わらず穏やかで落ち着いた笑みを浮かべ答えるのだった。

「お代でしたらフォルカー様から頂いております。それから言伝《ことづて》も。息子が迷惑をかけて申し訳ない。支払いは気にしないで欲しい、と仰《おっしゃ》っておりました」


「ってことは、あれ本物だったのかよ！」

夜、宿に集まって今日あったことを話すと、アルベルトが大きな声を上げて、ずるいずるいと連呼する壊れたラジオの様になってしまった。

「ずりい。俺も聞きたいことあるのに。ずるい、ずるいよな」

「あんたが訓練訓練言ってるからでしょー」

「俺も呼んでくれればいいじゃんか！」

「一緒に食べてるのに席離れるわけにいかないでしょ！」

「そうだけど！」

言い争っている二人をしばらく放っておくと、徐々にその炎は鎮火され、コリンが聞いてきた話をアルベルトがまじめな顔をして聞くターンが訪れた。二人が言い争いを始めるのはいつものことなので、私は席をちょっとだけずれて、モンタナの近くへ避難していた。

するると私の耳に、モンタナの小さな小さな呟きが聞こえる。

「僕も、話聞きたかったです……」

耳と尻尾が垂れてしまっている。偶然の出会いだったから仕方がなかったとはいえ、モンタナがうなだれていると心がしくしくと痛む。

もし次にクダンに会うことがあれば、きっとモンタナにも声をかけてあげよう。私はそう心に誓ってモンタナの頭を撫《な》でるのであった。

七、黒髪の青年

夜寝る前になると、いつもの通りコリンが大きなタライを持ってやってくる。鼻歌なんか歌ってご機嫌な様子だ。その中にお湯をためてやると、コリンはすぐに服を脱ぎ始めようとする。やると思っていた私は、いったんその動きに制止をかけた。

「コリン、私ちょっとお散歩行くので待っててください」

「え、今から？　もう外暗いよ？」

「外の広場が結構明るいんですよ。ちょっと出たらすぐ帰りますから」

「うーん、じゃあ気を付けてよー。全くハルカは恥ずかしがり屋なんだから。たまには背中拭いてくれてもいいのにー」

ぶつくさ言っているコリンに背中を向け、私は部屋から出て宿の外へ向かう。

目立ちたくはないのでフードを深くかぶったが、容姿が細かくわかるほどには外は明るくない。あちこちに松明《たいまつ》が置かれているが、やや光源不足だ。

だがそれが良いのだろう。あちこちのベンチで男女がいちゃついている姿が見えた。いたたまれない。

軽く夜の空気を吸ったらすぐに部屋へ戻るとしよう。とはいえすぐに戻ってまだ服を着ていないとそれはそれで問題だ。多めに見積もって、ある程度時間をつぶす必要はある。

ぼーっとうろついていると、すぐ近くで大きなため息をつく音が聞こえた。そちらを見ると、この世界に来てからあまり見たことのない黒髪の青年が、ベンチに腰を掛けてうなだれている。

お一人で座っているので、彼もまた、気晴らしに外に出てきたおひとり様なのかもしれない。

なんとなく親近感を抱いていると、視線に気づいたのか青年が顔を上げた。

大変整った、女性的な顔立ちをした青年である。全体的に印象が薄いが、それは悪い方向に作用しておらず、儚《はかな》いとか、そんな言葉が似合いそうだ。

瞳は輝くような赤色をしていて、それが妙に印象深い。コリンとかが見たら喜びそうな美青年具合であるといえよう。

じろじろと見て失礼なことをしてしまった。軽く会釈をして通り過ぎようとすると、青年から声をかけられる。

「……こんな夜に女性が独り歩きしてると危ないよ。明るいとはいえ乱暴な冒険者がたくさんいるんだから。それとも僕に何か用事？」

気だるげな声は見た目同様中性的で妙に色気があった。面倒そうにしているのに忠告してくるあたり、結構な善人のようだ。

「いえ、考え事をしていたら深いため息が聞こえたので」

「邪魔して悪かったね、じゃあそういうことで、早く帰りなよ」

今にも消えていなくなりそうな青年だ。本当に大丈夫なのだろうか。

昔突然仕事をやめてしまった部下を思い出した。いつだって真面目に仕事に取り組んでいたのに、急に音沙汰なしに会社に来なくなってしまったのだ。

私は当時、部下が思い悩むような仕草に気付いていた。だというのに、年の離れたおじさんなんかが話しかけても困惑するだけだろうと思って声を掛けられずにいたのだ。

彼が辞めてしまった後は、会社内で嫌な噂が広がった。人間なんてそんなものだ。

やれ不倫をしていただの、実は悪い人との付き合いがあっただの、聞くに堪えないものだった。

真偽のほどは定かでないが、噂の中に彼が既に自殺してこの世にいないというものがあった。

それを聞いた時私は、どうして自分なんかがと決めつけて、話を聞いてやらなかったのかと後悔した。

「……考え事をするために外へでてきまして。空いてそうなので隣失礼します」

人一人分くらい空けてベンチに座る。変に思われるかもしれないが、どうせ一期一会なのでそんなことを気にするのはやめよう。

「なに、ナンパ？　相手には困りそうにない見た目してるけど」

「いえ、そういうのは興味ないので」

「あ、そう」

おじさん枯れてるし、男にも興味ないので、とは言わない。

座ったはいいもののどうしたものか。困っているならおじさんに相談してご覧、なんていうわけにもいかない。元の姿では即通報されるし、今の姿で言ったとしても、変な奴がいると逃げられてしまいそうだ。

会話の糸口が見つからない。

結局私は、ただそこに座って、三十分近く黙り込んでいるだけだった。まぁまぁ、というか、相当に変な奴である。結局何もできていない。

黙っているうちにやがて、周囲が少しやかましくなってくる。盛り上がったカップルが元気にいちゃつき始めたらしい。私は何をしているのだろうかと、思わず空を仰いだ。

ふいに青年が立ち上がり、又ため息をついた。

「勘違いされると君に悪いから、僕はもう帰るよ」

「……私も宿に戻ります」

私も立ち上がり、ため息をつく。幸せが避けていきそうなどんよりとした空間だ。

私は破れかぶれに、背中を向けた青年へ声をかける。

「あのですね、もし悩み事があるなら聞きますよ。いや、私じゃなくてもいいですが、一人で悩んでいると深刻になってしまいますから」

青年が振り返って、ほんのわずかに唇をゆがめる。おそらく笑っているのだろう。もしかすると笑われているのかもしれないけれど。

肌が白いわりに頬が僅かに紅《あか》いのは、照らす明かりのせいか、この寒さのせいか。とにかく変に色気のある青年だ。

「ずっとそんなこと考えてたの?」

「いいえ、それだけではありませんけど……、まぁ、気にはなっていました」

「ありがたいけど大丈夫だよ。でもせっかくだから、何かあったときは声をかけようかな」

「私も冒険者の端くれですから、何か力になれるかもしれません」

「へぇ、冒険者だったんだ」

私のことをじっと上から下まで見て、青年は頷く。

「魔法使いかな。営業上手だ」

「営業のつもりはないんですが……」

「冗談だよ。僕はイーストン＝ヴェラ＝テネブ＝ハウツマンだよ。……まぁ、旅人かな」

「私はハルカ＝ヤマギシです。あちらの宿に泊まってます」

イーストンは私の指先が示した、少し離れたところに見える宿を確認する。細められた紅い眼《め》が、なぜだかほんのりと光ったように見えた。

「割と近いから送っていく必要はないかな」

「別に遠くても送っていく必要はないですよ」

「女性に夜の街を一人で歩かせるわけにいかないでしょ」

きっと彼はモテる。

天然タラシの雰囲気を感じながら私は彼より先に宿へ向かって歩き出した。

「何かあればいつでもどうぞ、イーストンさん」

「イースでいいよ。何かあればね」

私は妙な達成感を覚えながら、薄暗い道をまっすぐ歩く。

しばらく進んで振り返ってみると、イーストンはまだその場で私の方を見ているようだった。目が合っても手を振るでも表情を変えるでもない。恐らく本当に、ただ私の身を案じて見守ってくれているのだろう。

ああいう行動ができたのなら、自分も元の世界でもっとモテていたのだろうか。

いや、どうだろう。あれは彼の容姿と雰囲気あってこそかもしれない。

私がやっていたとしても、きっとただ気持ち悪がられただけで終わっていただろう。ストーカー扱いされなければ及第点だろうか。

世の中というのは、なんというか、まぁ、そうやって理不尽にできているものなのである。

八、在りし日の憧れ

試合前日。アルベルトは私たちよりもずいぶん早く床に就いた。興奮して眠れなくなるタイプではないかと勝手に想像していたので意外である。

そんなアルベルトを部屋に残して、私はこっそりと買い込んできた布を縫い合わせながら大会のルールを二人と再確認していた。

開催場所は街の南門を出てすぐの場所にあるコロシアム。中には石畳の舞台が用意されており、催し物がある時によく利用されているそうだ。

千人近くいる参加者を八つのグループに分け、生き残り戦でふるいにかける。各グループで最後まで残った四人を予選突破として、残りの三十二人でトーナメント戦。なかなかの狭き門だ。

予選では武器は用意された木製のものを使い、原則殺しは禁止。発生した場合は法に照らし合わせて裁かれるそうだ。

そしてこの大会では、一級冒険者以上の実力者は出場禁止となっている。なんでも二級冒険者と一級冒険者の間には大きな実力差があるそうで、出場されると運営に支障をきたすそうだ。特級冒険者は言わずもがなである。

手元の布を縫い合わせながらルールの確認を終え、私は気になっていたことを二人に尋ねる。

「あの、アルは多人数戦とか得意なんでしょうか？」

「どうかなー。あんまり得意じゃない気がする。モン君の方が向いてると思うけどなー」

帳簿をつける手を止めて、モンタナに水を向けるコリン。

「そうなんですか？」

「アルは……、戦いが長引くほど集中するタイプですから……、そうかもです」

私の倍以上のスピードで布を縫い合わせているモンタナは、手元から目をそらし天井を見つめて考えながら答える。それでも手がよどみなく動き続けていることに、私は思わず感心してしまった。おそらくモンタナは根本的に私よりも数倍器用なのだろう。

「で……、二人は何を作ってるの？」

「何って……、アルの応援旗を」

「何それ？」

「ええっとですね、文字を書いてから枝に括《くく》り付けてですね、振りながら応援するんですよ。

昼間に布に字を書く用の塗料も買ってきました」

「も、もしかして、珍しくお金が必要って言ったの、それ買うためだったの？」

「ええ、そうですけど……？」

どうもコリンの挙動が不審だ。肩を震わせてよそを向きながら話している。

「コリンの分も作りましょうか？」

「ふふっ、ううん、いい。きっとアルも喜ぶと思う……！」

コリンはベッドにうつぶせになると、顔を枕にうずめた。文字を見すぎて疲れてしまったのかもしれない。

「できたです」

「あ、ありがとうございます。そうだ、モンタナの分も作りましょうか？」

モンタナは私の顔を見上げ、目を丸く見開いてからゆっくりと首を横に振った。

「この大きさの旗振るの大変そうだからいいです」

「少し小さめのを……」

「大丈夫ですから、ハルカも早く休むですよ」

「ええ、それじゃあ文字だけ書いたら休むことにしますね」

「おやすみです」

「おやすみなさい」

挨拶だけするとモンタナはそのまま自分の部屋へ戻っていってしまった。

しかし手のかかる部分は手伝ってもらったので、あとは文字を入れるくらいだ。どんなものがいいだろうか。やはり『必勝』とかがわかりやすいだろう。それから誰を応援しているかわかるように、アルベルトの名前も入れておきたい。

学生時代、応援団というのを見てかっこいいなと思ったことがあったのだ。

まさかこの年になってその真似事《まねごと》ができるとは思わなかった。少しうれしい。

「なぁ、なんかモンタナが戻ってきて枕に顔うずめて変な音出してんだけど………、ハルカ何やってんだ?」

腕を組んで入れる文字を慎重に検討していると、アルベルトがあくびをしながら部屋に入ってきた。ちょうどいい、本人に決めてもらうのが一番いいのかもしれない。

「実はですね、アルを応援するための旗を作っていたところでして……」

「……旗?」

「ええ、これにアルの名前とかを入れて、振りながら応援するんですよ。かっこいいでしょう?」

「ハルカ、お前、こんな……」

アルベルトが声を震わせながら、まだ何も書かれていない布をじっと見つめている。

「アル、良かったねー。ハルカがわざわざ買い物して準備してくれたんだよー」

「ええ、アルが頑張るんですから、私も真面目に応援しようと思いまして!」

アルベルトは一瞬怖い顔をしてコリンの方を見てから、私の両肩に手をのせて真剣な顔をした。

「いいか、ハルカ。応援は嬉しいけどそれはやめろ」

「あ、えーっと、もしかして嫌でしたかね……、すみません。年甲斐《としがい》もなくはしゃいでしまって……」

確かに勝手に旗を作って応援なんて、調子に乗りすぎていたかもしれない。いくら私が真面目に応援するつもりでも、それがアルベルトにとって真面目に見えるかはまた別の話なのだ。

「あ、いや、うん。作ってくれたのはありがてぇけど、戦ってるのをちゃんと見ててほしいってことだよ。旗振ってると肝心な場面見逃すかもしれねぇだろ」

アルベルトの言うことにも一理ある。そもそも乱戦を見る機会というのもあまりないのだから、戦闘経験の少ない私は少しでも何かを学ぶべきだ。体験したことのないことに興奮してしまっていたのは、アルベルトではなく私だったのかもしれない。

「おい、ハルカ？」

心配そうに声をかけてくるアルベルトに、私は頷いて答える。

「わかりました。明日はしっかりアルの活躍を見させてもらいます」

そのうえで旗をちょっとくらい振るのは許してもらえるだろうか。……だめだろうか？

「よし。……じゃ、この布は俺が預かっとくからな」

「……なんでです？」

「…………ハルカの応援する気持ち預かっていくわ」

千羽鶴みたいなものだろうか。まぁ、この布で旗は作れなくなったが、アルベルトがそれでいいというのなら、それでもいいのかもしれない。

「わかりました。アルも早く寝て明日に備えてくださいね」

「おう。……ハルカも寝ろよ？　いいか、俺が部屋から出たらすぐ寝るんだからな」

「ええ、はい、じゃあ寝坊しないように早めに休むことにしますね」

それだけしっかり自分の試合を見てもらいたいという気持ちの表れだろうか。

なぜかほっとしたような表情をしてから部屋を出ていくアルベルトを見送って、私は言いつけ通りベッドへもぐりこむ。

旗はともかく、鉢巻きくらいは用意した方がいいだろうか。そんなことを考えているうちに、私はいつの間にか眠りに落ちていた。

九、当日の朝

翌日の朝、選手であるアルベルトが先に会場入りした。

観客はまだ中へ入れてもらえないらしい。時間をつぶすために一時間ほど出店をまわっていると、待機していた人々が動き始める。おそらく会場に入れるようになったのだろう。

はぐれないように、コリンとモンタナが私の左右について袖を持っている。一見私が主導で動いているように見えるかもしれないが、その実、はぐれることを一番心配しているのはおそらく私だ。この大混雑の中はぐれてしまったら、再び合流できる気がしない。

会場の入り口をくぐり、階段をゆっくり上ると観客席の一番高い場所へ出ることができた。割と早い時間に入ることができたようで、まだまだ最前列には空きが見える。

とりあえず席を取ってしまおうと三人並んで座ってみたが、まだまだ試合が始まるまでは時間がかかりそうだ。

「アルは……勝ち残れるでしょうか」

「どうかなー、アレで結構強いと思うんだけど……。モン君は予選抜けられると思う？」

「相手次第だと思うです。すごく強い人が近くにいると難しいかもです」

「そうですか……」

ぽつりぽつりと会話をしているうちに、だんだんと私の方が緊張してきてしまった。眼下では選手たちが体を動かしているが、その中にアルベルトの姿を見つけることはできない。見つけられてもこの混み具合だと、下手をすれば予選が始まると見失ってしまいそうだ。

確かに旗を振って応援している場合ではなかったかもしれない。

しばらくウォーミングアップを見ていると、やがて兵士たちがやってきて、選手たちを控室の方へ戻していく。

入れ替わるように現れたのは、男女二人組だった。

女性が何かを唱えると、男性が咳払《せきばら》いをした声が会場中に響き渡る。

「はい、聞こえますね。皆様お集まりいただきありがとうございます」

そんな調子で始まったのは、司会進行役のその男性の自己紹介とルール説明だった。どうやら昨晩確認したもので間違いはなさそうだ。

時折ジョークを交えたコミカルな語り口調で必要なことを話し切った男は、選手たちの入場を宣言して、ダバダバと表現するのがよさそうな走り方で会場の裾へと消えていった。きっとこういうイベントごとの進行を生業にしている人なのだろう。

彼が消えるのと同時に、選手たちが互いをけん制しあいながら、石畳の舞台へと上がってくる。会話などない彼らとは打って変わって、観客席からは歓声が上がり、会場が一気に温まってきた。

いつ始まるのかというう会場の期待の中、いつの間にか観客席まで上がってきていた司会の男性がまた声を響かせる。

「さて、始まる前にゲストのご紹介です。特級冒険者と言えばこのお方！　誰が呼んだか【首狩狼】、クダン＝トゥホークさんに解説をお願いしております！」

「あ？　聞いてねぇぞ」

「はい、ありがとうございます！　注目の選手などはいますでしょうか？」

「無視かよ。解説なんてしねぇからな」

それだけ言ったクダンが立ち上がってその場から去っていく姿が遠めに見えた。一瞬の沈黙ののち、司会の男は何ら気にした様子もなくまた声を上げる。

「はい！　というわけで、私もまだ首だけになりたくございませんので、このまま進行させていただきます。えー、それでは僭越《せんえつ》ながら私の方から注目の選手を……」

そうして幾人かの選手が紹介されていく。照れたり睨みつけたり、選手によって反応は様々だ。中には【ドットハルト公国】と小競り合いをしている【グロッサ帝国】の将校なんて人もいた。観客からの視線は厳しいものだったが、その浅黒い肌をしたイケメンは、余裕があるのか笑顔で手を振っている。

私にはとてもまねできそうにない。いい男というのはその仕草までイケメンなのかもしれな

い。

やがて司会から開始の宣言がされると、会場中に銅鑼《どら》の音が鳴り響く。会場が沸き立ち、びりびりと体が芯から揺れているような感覚を覚える。

戦いが始まった。

選手たちが打ち合い、殴り合い、蹴落とし合う姿はとても恐ろしいものだ。だというのに、彼らの懸命な姿から目を離せない自分がいた。

これまで試合や大会と無縁な人生を歩んできた私にとって、この盛り上がりは未知の感覚だ。テレビでぼんやりと甲子園を見ているだけではわからない、会場の熱気にあてられていた。

何かをしたくなるようなざわめきが心を揺さぶる。

自然と身を乗り出していることに気付き、はっと我に返る。こっそりと左右を見ると、二人も真剣な顔で会場を見つめていた。

ほかの観客たちもよく見てみれば、皆一様に体を前傾させている。

これは普通のことなのだ。ワクワクしてもいいのだ。そう思ったら気持ちが少し楽になった。

戦うことが好きではない、争うことが好きではないと言っているのに、あの戦いの中にいない自身が少し残念になる。この世界でただ埋もれたくない、心の奥底にそんな気持ちがくすぶっているのがわかった。

じっと見ていると、紹介された選手たちが巧妙に立ち回っていることが分かった。目立ってしまったがゆえにか、他の選手たちも囲むような動きを見せてきているのだが、それをするりと躱《かわ》して石畳の試合会場を所狭しと駆け回っている。

やがて立っている選手が一人減り二人減り、最後は八人が一対一で戦う形となった。紹介されるだけあって、どの場面でもあのイケメン選手が積極的に動いていたのが印象的な試合であった。

勝利直後に手を挙げて歓声を誘った場面など、まるで物語の主人公のようだった。人には向き不向きがある。ああいった行動を自然にできない私は、おそらく主人公には向いていないのだろうなと思うのだった。

十、アルの予選

僅か十五分程度の試合であったが、会場の盛り上がりは凄《すさ》まじかった。

興奮冷めやらぬ観客はあちこちで唾を飛ばしながら今の試合の話をしている。財布の紐《ひも》も緩くなって、売店では飛ぶように商品が売れていく。まさに祭りの様相だった。

どうやらインターバルには催物もあるようで、次に姿を現したのは選手たちではなく、音楽隊だった。会場が落ちついたところで勇壮な音楽が奏でられ始めて、次の試合への期待が高められていく。

見たことのない楽器もあったが、形はなんとなく元の世界のものと似通っていた。

演奏が終わればいよいよ次はアルベルトが出場する試合だ。

緊張していないだろうか。控室でトラブルは起こしていないだろうか。何とか怪我無く勝利してほしいものだ。気持ちがソワソワして落ち着かない。

「まるでハルカがこれから試合に出るみたい」

隣から小さく笑う声が聞こえ、コリンが私の膝に手を置いた。そこで初めて、どうやら体が揺れていたらしいことに気が付いた。

「アルは勝てるでしょうか？」

「ハルカそればっかりー」

「心配で……」

「勝てるって決まってたら、それは勝負じゃないです」

聞けば当然のことだと思うけれど、その言葉はストンと私の心の中に落ちてきた。

皆がそれぞれ何かを背負って試合に臨んでいるのだ。少なくとも出場している選手の中に、勝てないからやらない、と考えるような人物はいないのだろう。

だからこそ見ているだけでもこんなに心が揺さぶられるのだ。

何かに挑戦することを避けて生きてきた人生を振り返り、私はこぶしを強く握る。この戦いの勝者が輝いて見えるのは、主人公のように見えるのは、見た目が整っているからだけではない。

彼らが、自分の意志で挑戦し、戦っているからだ。

「……そうですね、勝てるように応援しましょう」

私は体を揺するのをやめ、こぶしを握ったままじっとアルベルトが現れるのを待った。

きっと勝てる。そう信じてアルベルトの雄姿を見守ると決めたのだった。


選手たちが入ってくるのを目を皿のようにして見つめていたが、なかなかアルベルトの姿を見つけることができない。入場口が四つに分かれているものだから、手分けして探していてもなかなか見つからないのだ。

まして出場者には背の高いものも多いので、間に挟まれて見落としてしまう可能性もある。

そんな中でアルベルトを見つけてくれたのはモンタナだった。

指差した先を見つめると、アルベルトが腕を天に向けて伸ばしストレッチしている。それからぐるりと会場を見まわし、私たちの方を見て軽く手を振った。観客席には選手たちよりもよほどたくさんの人がいるというのに、よく見つけられたものである。

司会の声が響き、銅鑼の音が空気を震わす。

アルベルトの姿が動き回る選手たちの中に紛れ込んだ。しかしあまり内側へ入り込まず、場外ぎりぎりのあたりを走り回っているようだ。

時折切り結ぶこともあるけれど、決着がつく前に距離を取ったり、不意打ちをしてきたほかの選手に擦《なす》り付けたりとうまいこと立ち回っている。意外なことに激戦区に突っ込んでいくようなことはしないようだ。

「上手《うま》くやってるです」

「あ、モン君もしかして入れ知恵した？」

「したです」

「成程、あの動きはモンタナの作戦なんですね」

「じゃなきゃもっと真ん中で体力消耗してそうだもんねー」

私もそう思う。だからこそ怪我の心配もしていたのだが、この調子ならば問題なさそうだ。

前の試合と同じように、人数が減ってくるとあちこちでにらみ合いの膠着《こうちゃく》が生まれる。選手の実力が拮抗《きっこう》して、うかつに動き出せなくなるから。

残り十数人の中では、アルベルトは一際若いように見える。きっと同年代と比べたとき、アルベルトの実力が頭一つ抜けているということなのだろう。

ただ、じりじりとした戦況にアルベルトがじれ始めているのも分かった。上から見ていると、じわじわと近くにいる選手との距離を詰めているが、アルベルトが動き出す隙をうかがって機会をうかがって一番大きく動いているのがわかる。

もう少し全体が動き出すまで待ってほしいと願っていたが、その思いは通じず、やはり最初に動いたのはアルベルトだった。

突然はじけるように駆け出し、猛然と隣にいた大男へと斬りかかる。隙を狙っていた男もそれを追いかけるように動き出したのがわかった。

アルベルトの大上段から放たれた一撃が、弾《はじ》くように防がれ、切り結ぶこと数合。すぐ後ろで追いかけてきた男が武器をふるおうとしていた。

「危ない……！」

思わず声に出して腰を浮かしてしまったが、こんな声がアルベルトに届くわけがない。嫌な場面を見たくないと目を閉じそうになるのを辛うじて堪《こら》える。

聞こえたはずがないのに、アルベルトは後ろを振り返りもせずに、ひょいと体を落として攻撃を躱す。そして低い姿勢のまま体を半回転、木剣で不意打ちを仕掛けてきた男の足を払った。

脛《すね》を思いきりたたかれたのだ、勢いがなかったとはいえ痛くないはずがない。

その隙に今度は、直前まで対峙していた大男からの攻撃が迫る。今度は声を出すこともできず、私はただ固唾をのんでそれを見守ることしかできなかった。

しかしアルベルトは攻撃が見えているかのように素早く立ち回った。痛みによろけた男の襟元を摑《つか》むと、振り回しながらまた半回転。今度はその男を盾にして、大男からの不意打ちを防いだのだ。

思わぬ行動に怯んだ大男に隙を見たのか、アルベルトは攻撃を受けて気を失っている男の背を蹴り飛ばしぶつける。もんどりうって倒れたところで、即座に大男の側頭部を蹴り飛ばした。

二人の男がアルベルトの足元で沈黙する。

周囲にもう選手は残っていない。

アルベルトより先に少数戦に勝利した選手が一人。他の二か所では今まさに決着がつこうとしていた。ここから逆転されることはないだろう。足元で倒れた選手が係員に回収されるのを見送って、アルベルトは私たちの方を向いて手を振った。

それを見てワッと歓声が上がる。

胸の奥底から熱い何かがこみあげてきて、気づけば私は、二人と共に両手をアルベルトに向けて大きく振っていたのだった。

書き下ろし番外編　幼い日の思い出

コーディ一行の護衛についている間、私たちは交代で夜の番をしている。

本来ならば自分たちで工夫をして少しずつ慣れていかなければならないところなのだろうけれど、使節には旅慣れた騎士たちがいる。

彼らは中級冒険者になりたての私たちに、集団での野営のコツを丁寧に教えてくれた。

薪や夕食の準備、周囲の警戒をするために暗くなる前に野営場所は決めること。それに適した場所を見つけたら、おおよその位置を地図に書き込んでおくこと。他の旅人と場所が一緒になってしまった場合は、身なりをよく確認して賊でないか判断すること。

本来ならば代金を支払って聞かなければならないような話だ。知識としては仕入れてきていたけれど、実際の動きを見せてもらえて初めてしっくり来たこともある。実戦での経験に基づいたアドバイスをもらえることが大変ありがたい。

夜番に関しても同じようにいくつかのアドバイスをもらった。

獣の対策のため夜に火を絶やさないこと。族の対策のため情報集めは怠らず、噂がある付近では野営をしないか、見晴らしの良い場所を野営地とすること。暗闇に慣れるため、あまり火を見つめすぎないこと。眠らないようにたまに声を掛け合うこと。二人ならば隣合わせにならず、互いの死角を補うように対面に座ること。

他にも山ほど注意点はあったのだけれど、どれも厳密に守るように厳しく言われるようなことはなかった。それこそ眠っていないかの確認をするかのように、ぽつりぽつりと雑談の中で教えられただけだ。

身を守るための知恵だから、頭の片隅に置いて意識できずともできるようになるのが理想なのだろうと思う。

旅も半ばに差し掛かってくるとそんなアドバイスも出しつくしたのか、夜中に話すことが少なくなってくる。

私とコリンは焚火から少し離れた場所に腰を下ろして、横並びに座っていた。火をはさんで反対側には同じように騎士が二人腰を下ろしている。

はじめのうちは風で木の葉が揺れるだけで体を緊張させていたが、今ではもう少しおおらかに構えることができるようになった。しかし慣れてきたころが危ないとよく聞くから、こういう時こそ気を付けるべきなのかもしれない。

体を緊張させて暗闇にじっと目を凝らしていると、焚火に照らされてうごめく影が何か得体のしれない者に見えてくるから不思議だ。

「ハルカはさー、冒険者になって何するつもりだったの？」

前触れもなくコリンが話しかけてきて体が跳ねる。びっくりした。

「信用を得て、街の商家とかで働かせてもらえたらと思っていました。計算とかは人並みにできますから。力も強いですし、そうなっていたらなっていたで、それなりに働けていたかもしれませんね」

驚いたことが恥ずかしく、何もなかったようなふりをして返事をした。コリンの方は見ていないからわからないけど、気づいていないといいなと思う。

「ハルカは計算できるかもしれないけど、人がいいからなー」

「いけませんか？」

「うん、商人はやっぱり人を出し抜けるような人じゃないと」

「私は下働きで良かったんですよ。毎日を暮らせればそれでいいと思っていました」

お金持ちになるには向いてない性格であることは、自分でも理解している。なによりお金を儲けて何かをしたいというビジョンがないから、それに伴うモチベーションもない。ないない尽くしの四十代おじさんだったわけだ。むなしい。

「ハルカはそれだったら旦那さん探した方が早かったかもね」

「あー……、それはないですね」

それは半分詐欺のようなものだし、私は男性とお付き合いする嗜好がない。

コリンは何かと私に恋愛をさせたがる。申し訳ないけれど私はその期待には答えられそうにないなぁ。

「コリンはどうして冒険者になろうと思ったんです？」

放っておくとその方面にばかり話が進みそうなので話題を逸らす。

揺れる草葉に向けられていた視線をコリンの方へ送る。コリンは考えているのか、小さく唸りながら空を見上げていた。

「あんまりよく覚えてないんだけどさー……、アルのお父さんが冒険者だったのは知ってるでしょ？」

初めて出会ったときにそんなことを言っていた。

確かコリンのお父さんが商人で、冒険者だったアルベルトの両親を専属で雇ったところから関係が始まったはずだ。それ以来の付き合いだから、アルベルトとコリンは生まれたころから一緒に育てられたんだとか。

頷くとコリンが話を続ける。

「だから小さなころからいろんな話を聞かせてもらっててさー。……それで色々思うところがあって、みたいな話？」

すごく中略されたような気がするので、もしかしたら話したくないことだったのかもしれない。若い女の子の嫌がることを聞く中年ってどうなのだろう。かなり性質《タチ》が悪いような気がする、反省。

「……すみません、変なことを聞いてしまって」

「え、何？　別に変なことじゃないけど……。な、なんで落ち込んでるの？」

「いえ、思うところがありまして。本当に申し訳ありません」

「えー……、私がなんか変なこと言った？」

違います。私が変なこと聞いてしまったので反省しているだけです。

「いえ、コリンのせいではないんです」

「そう？　元気出してよね、心配だから」

いい子だなぁ、コリンは。

中年に差し掛かった辺りからどうにも年下の女性に苦手意識を持ってしまっていたけれど、こうして関わってみるとそんな風に思っていた自分が恥ずかしい。人はわからないものが怖いというけれど、これもその一例なのかもしれない。

でもこんな考え方をしていると、万が一元の状態に戻るようなことがあったときに、距離感を間違えて痛い目を見るような気もする。コリンの優しさに甘え過ぎず、気を引き締めて対応することにしないと。


ちょうどその翌日、今度はアルベルトと夜の番が一緒になった。アルベルトは棒を一本持って、がりがりと地面に丸をいくつか書いて、戦うときのポジション取りについて話してくれる。

教えを乞う、というよりは、一緒に戦うのを前提とした、どんな動きをしたらいいかという話し合いだ。たまに私が突拍子もないことを言っても、アルベルトは腕を組んで真面目に考えてくれる。

これが実は案外面白く、話し合いをしているだけで自分がちょっと強くなった気になれる。実際は戦ってみないとわからないのだけれど、机上の空論であれば私も冷静に意見を出せるのが楽しい。

しばらく森の四方から魔物に襲われた時を想定した場合の話をしていたが、どうも対応するには人数が足りない。

「前に行き過ぎると守りがな。かといって長引かせてもよくねぇし……」

「私の体が丈夫ですから、後方でコリンの盾になりますよ。その間に二人は前に出て数を減らしてくれればいいんです」

「でもなぁ、前衛ってのは本当は魔法使いも守らなきゃいけないんだぜ」

「こだわりますね。私は丈夫なので、コリンの方だけ気にしてくれればいいですよ？」

こういう話になると、アルベルトは後衛である私とコリンを一緒くたにして、何とか守ろうとしてくれる。もちろん付近まで敵は来ないほうがいいし、私だって実際接敵されたら怖いのだけれど、本当に守らなければいけないのはコリンだ。

「親父が言ってたんだよな、魔法使いは守ってやれって。俺の母親が魔法使いだったらしいからな」

デリケートな話題だ。

アルベルトを産んで間もなく、その母親はなくなっている。なんだかこんなことを昨日も考えたような気がするけれど、とにかく話題を変えよう。

「そういえば、昨日コリンに冒険者になったきっかけ、みたいなのを聞いたんですよ」

そこまで話して私は一度言葉を止めた。話題を変えようとして出てくるのがこれとは、私も本当に話下手だ。昨日からずっと気にしていたのは事実だけれど、何もコリンのプライベートを探る様な事をしたかったわけではないのに。

「あいつ元々怖がりで、親父の話聞くときもいつも布団かぶって聞いてたんだよな」

「……昨日コリンがあまり教えてくれなかったんですけど、これ聞いて大丈夫な話ですか？」

「いいんじゃね、隠すような事じゃねぇし。いつからか忘れたけど、急に自分も冒険者になるとか言い出したんだよな。その頃からもっとしっかりしろとか、言い出してだんだん気が強くなってめんどくさかった」

これだけ聞くと結局何がきっかけとなったのかはわからない。ただ新しく得た情報は、コリンが小さなころ怖がりでおとなしい子だったらしいということだけだ。これ位なら別に聞いても良かったかもしれない。

「ま、でも俺がなるって言ったからなったのかもしれねぇし、ちゃんと守ってやらねぇと」

てっきり私は、アルベルトが冒険者として活動したり、戦って強くなることばかり考えているのかと思っていたけれど、とんだ勘違いだったらしい。少年らしい心で、ちゃんと大事な幼馴染を守ろうという意思を持っているんだ。

彼にとっては当たり前の言葉なのかもしれない。しかし、言い訳ばかり考えてしまう私からすると、アルベルトが酷くまぶしく見えた。

「アル……、偉いですね」

「偉いってなんだよ」

褒められる理由がわからないのなら、分からないままでもいいんだと思う。

「いえ、なんでしょう。すごく褒めたくなったんですけど、適切な言葉が見つからず」

「……変な奴だよな、ハルカって。別にいいけどな」

照れ隠しなのか、アルベルトは手に持っていた細い枝をぽきりと折って、焚火の中へ放り入れるのだった。


翌日の昼間。たまにモンタナがずぼっと藪の中へ消え、また唐突にずぼっと現れることを繰り返すのを見ながら、私たちは一応警戒をしながら歩いていた。

隊列の後方にいるので、警戒するべきは脇からの野生動物や魔物による急襲。あるいは後ろから怪しい人物が着いてきていないかなどだ。

たまにぽつりぽつりと会話をしながら、警戒を怠らずに歩き続ける。実はこれが結構な速さで、この世界の旅する人々の健脚ぶりには感動すら覚えるくらいだ。

双子の少年ですらたまに場所に乗り込むくらいで、行程の八割は文句も言わずに歩いているのだから驚いてしまう。

元の体であれば私は一日目で脱落しているところだったろうから、この無尽蔵の体力には感謝しかない。

「そういや昨日コリンが昔怖がりだった話をハルカにしたんだよな」

アルベルトが唐突にぺらっと昨晩のことを話し始める。そのことについては触れないつもりでいた私としては、内心ひやりとしてしまう。

個人的なことを勝手に他の人に聞くなんて、デリカシーのない奴だと思われても仕方がない。実際そうでしかないので仕方がないのだけれど、できれば秘密にしておいてほしかったと思うのは我がままだろうか。

「えー、勝手に話さないでよ、恥ずかしいから！」

コリンの反応は思っていたより軽い。あまり気にしていない、ようにも見える。

「ハルカ、違うからね！　小さなころなんてさ、魔物の話とか聞いたらみんな怖がるじゃん。アルのお父さんもさぁ、たまに急に大きな声出したりして脅かすんだもん。ハルカだってそういう時期あったでしょ!?」

「……ええ、あったかもしれません」

間が開いてしまった。あっただろうか、そんな時期が。あまり記憶にはない。

「……あ、ごめん、ハルカは記憶ないんだもんね」

私が間を空けたせいか、コリンがハッと何かに気づいたような顔をして謝ってくる。違うんです、それで傷ついたとかではなく、ただ昔のことだから朧げにしか記憶がなかっただけなんです。

「あ、全然気にしないでください。本当に、そんな……」

「ごめんね。アルも、あんまり昔の話とかハルカにしないでよ！」

「なんでだよ」

「なんでだよじゃないの！　わっかんないかなー」

やめてほしい。私のために争わないで、みたいな状態になってる。気を遣われれば遣われるほど、嘘をついている私の心がぎりぎりと締め付けられるような気持ちになってしまう。

「こ、コリン、私、今がすごく楽しいですから！　それに皆のことも知りたいんです。だから、ほら、気にせずに色々教えてください、ね？」

「……うーん、ホント？」

「はい、ホントです」

コリンは上目遣いで甘えるのが上手だ。こういうのを見ると、流石末っ子だなぁと思ってしまう。

「じゃあ……いいけど……」

ああ、もしかして一昨日の夜にコリンが昔の話をあまりしなかったのは、こういう気づかいをしてくれたからだったのかと、今更ながらに思い至る。そうだとしたら私は今回もまた、勝手に勘違いして勝手に焦っていたわけだ。

そんなことを考えていると、少し先の茂みが動いて、最初に兎の括られた枝が飛び出してきて、それからモンタナがずぼっと姿を現す。モンタナはなぜか現れるとき大体私の方を見つめているので、目が合うことが多い。

「……肉、とってきたです」

「お、やるじゃんか！　俺も次ついてっていいか？」

「アルが来るとうるさいから野生動物逃げるですよ」

「静かに歩くって」

「はぐれたら迷子になるから駄目です」

「ならねぇよ」

ちらりとモンタナが私の方に視線を向けた。何とかしてくれというサインを受け取って、私はアルベルトに話を振る。

「あの、アルのお父さんが話していたという冒険の話、覚えていたら私も聞いてみたいのですが……」

「お、いいぜ。コリン、どの話がいいと思う？」

「えー……、山賊退治の話とか、かっこよかったけど」

「よし、じゃあそれにするか！」

アルベルトの注意がそれたところで、モンタナは近くにいた騎士に兎を渡す。そして私の方に手をひらひらと振って、またずぼっと茂みの中へ消えていった。

アルベルトの話が始まる。

アルベルト自身がワクワクしながら話をしているのが見て取れて、それだけでなんだか私も楽しくなってくる。

今日も護衛の旅は平和に続く。

取り立ててトラブルも起きていない。

明日からもそんな旅路が続くことを祈りながら、私はアルベルトの楽しそうな語り口に耳を傾けた。

あとがき

まず初めにこれだけは言っておかなければならないでしょう。

二巻のご購入、本当にありがとうございます。本編とは関係ないあとがきにまで目を通していただいていること、重ねて感謝申し上げます。

再びこうして挨拶できていることが本当に幸せですね。

一巻からはしばし間が開いてしまいましたが、そのお陰で、出る頃にはコミカライズも始まっているのかなぁ、となんとなくそんな情報を頂いていたりします、楽しみですね。

さて、二巻の内容に触れていきましょう。

まず『神聖国レジオン』では、世界観やダークエルフの立ち位置なんかがちょろちょろっとお目見えできたかなぁというところでした。そうしてコーディという保護者がいなくなって、代わりにギーツ君というお荷物を背負っての旅です。冒険者レベル2といった感じでしょうか。

対人戦も起こったりしましたから、おじさんにとってはとてもレベル2とは思えなかったかもしれませんが、まぁ作者的にはレベル2くらいだとしておきます。

生きるとか死ぬとか、そんな殺伐とした世界ながらも、読んでくださった方にはちょっとだけほっこりとした気分を味わっていただけたらなぁ、なんてことを思いながら執筆させていただだきました。
ちょっと間抜けで優しいおじさんを見ながら、皆さまにも異世界で旅をしてる気分を味わっていただければ幸いです。辛い部分はおじさんに丸投げして、皆さまは楽しそうな部分だけ体験してくださって結構ですからね！

さて、短くはありますが、あとがきはこの辺りで切り上げてしまいましょう。
筆者の独白なんていうのは本当におまけ程度ですから、本編さえ楽しんでいただければ私はそれで満足です。
ところで最近面白いことがありまして、電車に乗っていた時のことなんですが……。

（全略）

ハルカとゆかいな仲間たちの冒険の日々。
続きを皆様にお届けできることを祈りつつ、多方面に体を平たくして感謝しつつ、これにて失礼させていただきます。

二〇二四年四月吉日　嶋野夕陽

この本を読んでのご意見・ご感想・ファンレターをお待ちしております。
〈宛先〉　〒104-8357　東京都中央区京橋3-5-7
　　　　（株）主婦と生活社　PASH!ブックス編集部
　　　　「嶋野夕陽先生」係
※本書は「小説家になろう」(https://syosetu.com)に掲載されていたものを、改稿のうえ書籍化したものです。
※この作品はフィクションであり、実在の人物・団体・法律・事件などとは一切関係ありません。

PB
PASH!ブックス

私の心はおじさんである2

2024年4月15日　1刷発行

著　者　嶋野夕陽
イラスト　NAJI柳田
編集人　山口純平
発行人　殿塚郁夫
発行所　株式会社主婦と生活社
〒104-8357　東京都中央区京橋3-5-7
03-3563-5315（編集）
03-3563-5121（販売）
03-3563-5125（生産）
ホームページ　https://www.shufu.co.jp
製版所　株式会社二葉企画
印刷所　大日本印刷株式会社
製本所　小泉製本株式会社
デザイン　鈴木佳成〔Pic/kel〕
編集　染谷響介

　ISBN978-4-391-16207-3